A dança dos cabelos

Obras do autor

O sol nas paredes
Edição independente, 1980; Pulsar, 2000, 3ª edição

Memória da sede
Lemi, 1982, 1ª edição

Sombras de julho
Estação Liberdade, 1991; Saraiva, 2000, 12ª edição

O último conhaque
Record, 2000, 3ª edição

Coração aos pulos
Record, 2001, 1ª edição

Obras adaptadas para o cinema

"Estranhas criaturas", em *Memória da sede,* foi transformado em filme por Aaron Feldman em meados da década de 1980.

Sombras de julho foi adaptado para a TV (minissérie da TV Cultura de São Paulo) e cinema por Marco Altberg, em 1995.

Carlos Herculano Lopes

A dança dos cabelos

romance

10ª EDIÇÃO

EDITORA RECORD
RIO DE JANEIRO • SÃO PAULO
2001

CIP-Brasil. Catalogação-na-fonte
Sindicato Nacional dos Editores de Livros, RJ.

L851d   Lopes, Carlos Herculano, 1956-
     A dança dos cabelos / Carlos Herculano Lopes. –
Rio de Janeiro: Record, 2001.

    ISBN 85-01-06179-4

    1. Ficção brasileira. I. Título.

01-0924
               CDD – 869.93
               CDU – 869.0(81)-3

Copyright © 2001 by Carlos Herculano Lopes

Design de capa: Rico Lins Studio, 2001

Direitos exclusivos desta edição reservados pela
DISTRIBUIDORA RECORD DE SERVIÇOS DE IMPRENSA S.A.
Rua Argentina 171 – Rio de Janeiro, RJ – 20921-380 – Tel.: 2585-2000

Impresso no Brasil

ISBN 85-01-06179-4

PEDIDOS PELO REEMBOLSO POSTAL
Caixa Postal 23.052
Rio de Janeiro, RJ – 20922-970

Para

Antonieta Guimarães Lisboa, Maria das Dores Lopes, Zenaide de O. Lopes e Merania Ribeiro Maia.

Para

Roberto Drummond, Renato Azevedo, Denilson de O. Alcântara e Jaques Gontijo.

Para

Carlos Felipe e Maria Helena,
Afonso Borges e Vanessa, e Almerindo
e Valma, em Coluna,
rodeados pelo carinho de seus filhos,
Giovana, Ana Paula e David.

Para

Maria Regina Godinho Delgado, Merrina.

Em memória de Amável Orador, mágico que encantou a minha infância.

"... Mas eu sempre soube que, a longo prazo, tudo isso se converteria em palavras — sobretudo as coisas ruins, já que a felicidade não precisa de transformações. A felicidade é seu próprio fim."

Jorge Luis Borges
Sete noites

"... Seus segredos são os mais profundos que eu já pude perceber em alguém e tento desesperadamente conhecê-los, adentrá-los, tocá-los e ter intimidade com eles. Tento desesperadamente entrar dentro de você, ou sentir você inteiro dentro de mim — não sei as diferenças. Tento desesperadamente entrar no seu mundo intransponível; às vezes, eu queria me transformar em palavras, ou em sonhos, para que você pudesse me fazer de sua expressão, para que você falasse através de mim..."

Anotações feitas por Isaura antes de sua última viagem.

A dança dos cabelos

Mesmo sabendo que aos poucos eu apodreço e que em breve não serei mais que um monte de ossos em uma cova qualquer onde talvez nasçam umas margaridas ou em alguma manhã venham pousar os canários, e, por mais definitiva que seja esta certeza, pelo fascínio cada vez mais forte que em mim exercem as águas cujo canto, em horas de calmaria, se mistura ao das acauãs que tornaram a voar ao redor da minha janela, eu ainda insisto em desvendar o obscuro de certas coisas que me aconteceram e ainda acontecem.

E me pergunto sobre o porquê dos carneiros: eles eram muitos, vinham nunca se soube de onde, mas apareciam nas tardes de maio quando eu era uma criança, e, às vezes, escondida de minha mãe, ia me encontrar com uma prima que se chamava Dorinha. Ela usava uns vestidos rendados, sabia de muitas coisas, mas naquele dia, não consegui entender por que não quis me acompanhar para ver os carneiros atravessarem o rio, cujas águas, com a mesma tonalidade, eu só voltei a enxergar anos depois, quando já adolescente comecei a me aprofundar cada vez mais em certas coisas.

Como naquelas que aconteceram logo após as festas, em um mês de dezembro, quando todos, de novo em seus trabalhos, reclamavam da falta de chuva, e as mulheres, com terços nas mãos, faziam penitência e repetiam o que dizia o padre. Até que em uma manhã, para o espanto de todos, pois não havia nuvens no céu, uma tempestade varreu os campos e inundou as casas, só não morrendo muita gente porque um homem que mancava de uma perna — ninguém o conhecia e jamais se soube o seu nome, pois ele desapareceu tão logo passou a tormenta — ficou horas ajoelhado nas enxurradas pedindo ao Senhor, em voz alta, que aplacasse a sua ira e livrasse os seus filhos da desventura e da dor.

Mas, no entanto, toda a fúria de Deus — só mais tarde eu pude entender — desabou sobre uma boiada inteira do meu pai que naquele dia seguia para o matadouro e foi arrastada Suaçuí abaixo, quando tentavam atravessá-la. E só não morreu Pedrão, o nosso mais antigo vaqueiro, porque ele se agarrou em uma raiz de ingazeiro que balançava entre duas pedras, oscilando ao ritmo das corredeiras.

E nas noites que se seguiram, assentados nos cochos ou espalhados pelos bancos, enquanto as últimas vacas voltavam aos currais — os curiangos saíam dos ninhos e mamãe tricotava — nós o escutamos falar sobre aquela aventura que jamais seria esquecida. E de como uma das vacas — a que se chamava Maravilha — conseguiu salvar a sua cria jogando-a em uma ilha onde outros animais, como os preás ou as ariscas lontras, também buscavam refúgio. Ou ainda a maneira como os demais vaqueiros gritavam por socorro implorando em meio à tempestade e ao clarão dos relâmpagos a ajuda de Nossa Senhora. Enquanto Pedrão — outra vez adiando a morte — se agarrava por um acaso nas raízes de uma árvore caída.

E era assim que ouvindo-o contar estas histórias e sempre mais admirada com a sua coragem, eu me perturbava por não entender por que aquele homem que não errava uma laçada, era berranteiro e esperava qualquer boi com um ferrão como se aquela não fosse uma luta muito desigual, veio à nossa casa em um domingo, logo depois da missa. E após pedir licença, cumprimentar a todos, elogiar os vasos de mamãe e aceitar um cafezinho que ela lhe ofereceu, também, fumando sem parar, conversou com papai sobre umas mortes pelos lados da Penha. E recusando-se a princípio, pois se sentia velho, atendeu ainda a um pedido dele para montar uns burros: uns pagãos, compadre, que acabarei vendendo para o corte se não encontrar alguém, com a gana do senhor, para picá-los de espora.

$\mathcal{M}$as depois daquela demonstração de coragem, quando todos nós ainda em volta da mesa comentávamos a destreza com que ele havia domado os animais, apesar dos protestos de minha mãe — pois ela sempre temeu em ocasiões assim que alguém se machucasse — aquele mesmo homem pediu a ela para ler uma carta que ele havia recebido do seu filho, que morava em São Paulo.

E depois que mamãe leu e disse que estava tudo bem, Lúcio mandava lembranças, agradecia por tudo e dizia que em breve chegaria algum dinheiro, Pedrão, que a ouvia em silêncio, levantou-se já tapando o rosto com as mãos e chorando a princípio de uma maneira branda. Mas em seguida aos uivos, até que, de repente, perdeu todo o controle e frieza de horas antes e se precipitou pela porta que dava para o quintal, sem atender aos chamados do meu pai que, vestido com a sua capa negra e com a lanterna acesa, ainda o seguiu por algum tempo, até ele se perder no frio úmido daquela noite.

Embora eu saiba que aos poucos vou me definhando e já não me espante tanto com a presença da morte que, nas asas de algum pássaro ou nas dobras de alguma sombra que zanza pelos corredores, ronda a minha solidão, eu ainda insisto e para isto quero ter uma resposta: entender a razão que teria levado o meu primo que passava uma temporada aqui conosco a matar com um tiro de cartucheira, em uma manhã de muita chuva, a velha que vivia pelas estradas ora cantando umas chulas que ninguém entendia, ora pedindo esmolas a todos que passassem.

E me lembro que minha mãe — ela quase já não falava —, passando a maior parte dos dias com água benta e incensos espantando os demônios que em formas de alfinetes espetavam-se nas mais delicadas partes do seu corpo, ao perceber a minha desolação deixou de lado os seus incômodos: quis me consolar, e falou sobre uma conhecida sua que nos tempos das grandes estiagens foi morta a facadas porque o seu marido, em uma noite, sonhou que ela, de braços abertos, corria ao encontro de um desconhecido.

Mas não me senti conformada. Não me esqueço também que chorei muito, rezei para que uma jararaca picasse o meu primo, se enrolasse em suas pernas, ou então que ele fosse embora e nunca mais voltasse a essa casa antiga e cheia de recordações, na qual ainda vivo. E debruçada na janela deste quarto, enquanto o sol vai se escondendo atrás de uns rochedos que se perdem no sul, e as nuvens se tornando vermelhas, eu reflito sobre estas coisas que tanto me marcaram. E com a mesma curiosidade dos meus quinze anos, ainda teimo em entender algumas delas, e várias outras passagens de minha vida.

Mas quase sempre não encontro respostas, me quedo em porquês e a minha cabeça, com tudo girando descoordenado, começa a doer; eu vou ficando nervosa, não vejo uma saída e acendo outro cigarro, mesmo sabendo que mais tarde sentirei falta de ar, quando, antes de me deitar e de tomar o chá que faço todas as noites, eu me puser novamente, por mais esquisito que isto possa parecer, a olhar retrato por retrato, na esperança de encontrar algum sinal que traduza vida neste velho álbum de família.

E embora, quase sempre sem coragem para encará-lo, outra vez me deparo com a austera imagem do meu avô, cujas sobrancelhas negras e bigodes retorcidos resistem às investidas do tempo e das traças, que insistem em roer estas memórias às quais, sem outra alternativa, me entrego. Até que a forte dor de cabeça, que cotidianamente me persegue, me impeça de prosseguir em minhas divagações e neste ruminar que é o existir. Quando então, já com os olhos pesados e o xale sobre os ombros, guardo na gaveta este álbum que me acompanha e vou até à cozinha onde esquento o chá ou faço um pouco de café com leite. E mesmo que eu queira, ou tente desviar os meus pensamentos para lembranças mais amenas, não tenho como deixar de pensar em você, minha filha querida.

E me recordo das suas crises, também do estranho nome dado à sua doença por um médico que usava pernas mecânicas e morou alguns anos aqui em Santa Marta, mudando-se depois para Araçuaí, onde, ao tentar uma travessia, morreu afogado meses após haver examinado Isaura em um dos seus períodos de melancolia, quando, dias seguidos, apenas com um pincel nas mãos e mirando o indefinido, ela passava no mais profundo silêncio, rabiscando em traços fortes e coloridos, esboços para os seus futuros quadros.

Também, entre tantas outras recordações, me volta a vez em que Isaura, não sei como, descobriu a chave do armário onde estava o formicida, só não se matando como um antigo conhecido do meu pai porque uma das empregadas, Marisa, se não me engano, tomou o veneno de suas mãos quando ela o misturava na laranjada, seguindo-a daí em diante até a manhã seguinte, quando, ainda apavorada, contou tudo para mim, recém-chegada de uma viagem a São Miguel, onde, contrariando ordens do meu médico, eu havia ido fazer compras e tratar de alguns assuntos que vinha adiando.

Mesmo tendo pavor do suicídio — e isto nunca escondi para ninguém — não comentei nem com as pessoas mais próximas a atitude de minha filha, nem dei a entender a ela que eu ficara sabendo. Mas, nas três noites que se seguiram, enrolada em uma manta e tomando calmantes, eu passei com uma vela acesa pensando não só em você, Isaura, mas em toda a nossa família, sempre propensa a se destruir. E, mais particularmente, em um dos meus tios — muito falado na minha infância — que não morava aqui, mas léguas acima, adiante do Tabuleiro, onde era dono de uma casa de loterias e de dois bordéis nos quais viviam, cobertas com rendas e jóias, as mais cobiçadas mulheres da região. Esse meu tio — e isto para mim só mais tarde ficou esclarecido — matou-se dois meses após construir, com materiais importados, a mais bonita casa do lugar e escrever pelas paredes com o próprio punho, e em grandes letras vermelhas, versos onde louvava a vida e pedia que ninguém chorasse a sua morte.

Confesso também que jamais entendi o que teria levado tio Fernando a se matar; um homem pacato, cujo maior divertimento era, em noites de lua cheia, assoviar as cantigas aprendidas ou no bando de Marcondes, ou aqui mesmo em Santa Marta, palco, talvez, dos dias mais alegres de sua vida. Eu também, aqui, passei a minha infância e cresci como outras meninas, vendo tantas coisas acontecerem. E algumas delas, quando eu já estava casada, inesquecíveis: como a descoberta, aqui perto de mim, daquela pessoa tão terna e do sol de agosto secando os nossos corpos — enquanto as suas tranças cobriam os meus seios, as suas pernas encontravam-se com as minhas — e aos meus ouvidos você falava, eu te quero, e outros mimos ainda hoje a sete chaves guardados.

Mas o seu cheiro, o rubro de sua boca adocicando os meus lábios, e as suas pintas descobertas naqueles momentos de amor, quando de minhas entranhas explodiam sensações até então desconhecidas, é tudo o que agora, já passados tantos anos, me aquece na umidade destes corredores quando da vida nada mais espero, a não ser que o meu coração prossiga nesta derradeira viagem e de mim nada mais reste a não ser o bordado de uma letra, ou alguma joiazinha, destas deixadas em esperadas noites de Natal, quando, se esquecendo as desavenças que sempre fizeram de nós uma família só unida na tragédia, todos os parentes se reuniam em volta da mesa. Minha mãe se assentava em uma das cabeceiras e a outra ficava para o meu pai, que em ocasiões assim se tornava menos sombrio, permitindo-se até tomar um copo de vinho, entre brindes, solos de violão e histórias que ele próprio contava. Como a da febre, que nos seus tempos de rapaz, destruiu um povoado inteiro lá pelos lados da Mata, não perdoando sequer os animais, nem os próprios urubus, que morriam abrindo e fechando os bicos como se pedissem água ou o perdão de Deus.

Era assim, Antônio, que ele falava, brincava conosco e nos carregava no colo, fazendo-me sentir bem próxima a uma sonhada felicidade, que jamais tive ao seu lado.

Porque você, até deixar de me procurar, fantasiando encontros meus com outros homens que nunca existiram, e se ligar a outras mulheres, que foram tantas, sempre zombou dos meus peitos caídos ou da gordura que aos poucos, sem que eu tivesse controle, foi tomando conta de mim. Enquanto você, com algumas daquelas rameiras, até aqui dentro de casa se encontrava, e eu fingia não perceber. Mas sabia muito bem o que te esperava, quando, depois de dar uma desculpa qualquer, como ir olhar se as porteiras estavam fechadas ou outra coisa sem sentido, você me deixava entre lençóis frios, para ir se deitar com a amante que talvez lhe fizesse as mesmas coisas que eu gostava, mas que nem sempre me foram permitidas. Porque, sendo a sua esposa, às vezes achava que eu não devia ultrapassar certos limites. Ah, Antônio! Como eram doloridos aqueles momentos! Como te odiei ao ouvir os gemidos do seu gozo! Enquanto eu, voltando-me inteiramente para Isaura, não tinha como responder a ela certas perguntas que fazia, relativas ou não a nós. Ou uma infinidade de outras que às vezes nada tinham a ver com a situação do momento, mas que me deixavam embaraçada por reviver, em horas impróprias, fatos marcantes em nossas vidas. Como querer saber, por exemplo, o que teria levado a cobra, naquela manhã, a se esconder no cacho de bananas para picar o empregado, quando ele, como sempre fazia, o dependurava ao redor da fornalha para amadurecer depressa, e ela — com suas manchas rajadas e estranhos poderes — se perdia nas gretas do assoalho.

E aquele homem, que após cuspir muito sangue, sentir tonteiras e falta de ar viria a morrer, não disse quem era nem onde havia nascido, ou se deixava alguma herança ou recado para os seus parentes se acaso existissem. E que talvez, sendo certa esta suposição, nunca tenham sabido da morte desta estranha pessoa que trabalhou aqui conosco e quase não falava, cuja maior alegria era, em tardes de domingo, distribuir balas para as crianças que o tratavam com respeito mesmo quando bebia, se tornava agressivo, e a sua gagueira acentuada. E foi ainda ele — do qual sempre me lembro — que em uma noite fria, quando a geada já havia matado o cafezal, ficou na cozinha até mais tarde, aceitando, sem a costumeira timidez, o café com bolo que lhe ofereci. E ao se despedir de mim, desejando-me boa-noite e um breve regresso a Antônio, disse, olhando em meus olhos: tenho muita pena da senhora, dona Isaura, pois sinto que são intensos o seu sofrimento e tristeza, apesar de tantos bens e essas terras.

Não posso esquecer que aquilo me deixou encabulada. Abaixei a cabeça, nada respondi, mas passei, a partir de então, a respeitar ainda mais e a sentir uma silenciosa ternura por aquele homem tão só que até a sua morte nunca mais voltou a tocar nestes assuntos, nem a ficar na cozinha, preferindo, junto aos outros empregados, o seu canto no galpão. Mas que me despertou, ainda mais, para algumas das perguntas que desde então eu me faço, quando me ponho a pensar nestas coisas que sempre me rodearam e fizeram de mim uma mulher que há anos — antes até do mais profundo golpe que senti — outra coisa não tem feito a não ser ficar se cosendo por dentro em noites assim: quando esta lua, que lembra tantas coisas, me faz tomar um cálice de vinho e retroceder a indagações até hoje sem respostas, como aquela morte que aconteceu e que ainda me perturba muito, mas sobre a qual, a estas horas, já não consigo falar.

Minha filha: duas ou três vezes por semana, embora esquecer talvez fosse a melhor coisa para mim, em uma tarde igual a esta em que tenho os olhos distantes, e já sem vontade de levar adiante os meus bordados — que são a única ocupação que ainda tenho, além de cuidar das plantas — ponho-me a recordar toda a trajetória de minha vida, após tão obscuras viagens, até que pude romper o emaranhado destes círculos, me integrar de novo a esta fazenda e ao convívio do que nela, com todas as sutilezas, possa existir.

Então, nestes dois ou três dias, aos quais já me referi, e sem nenhuma ilusão no que diz respeito a tudo o que sobrou de minha vida — se é que existe a mais tênue ligação entre ela e este mundo que está aí — eu costumo me levantar mais cedo do que normalmente faço. E antes de aguar os meus vasos, tomar o café, fazer as necessidades ou outras coisas que não vêm ao caso, eu me torno mais ágil que esta mulher cheia de varizes e asmática que existe em mim.

E com o regador cheio d'água, a largas passadas e respirando fundo, já com todas as precauções tomadas, eu me dirijo a um ponto do quintal onde há vários anos debaixo de umas árvores — as que estão circuladas pelas pedras — foi enterrado o meu marido. E após me benzer e traçar no chão várias cruzes, rego o que ainda possa existir daquele rapaz calado, mas muito bonito, que em uma certa manhã, já passados alguns anos da descoberta aqui em nossas terras das tão sonhadas águas-marinhas — e do nascimento de Isaura — me assentou em seu colo.

E depois de abrir um vinho guardado para as nossas bodas de prata e de deixar em meu corpo carícias somente imaginadas através de um livro folheado na adolescência, quando eu estudava interna em Diamantina, ele se dirigiu ao quarto onde dormia a nossa filha. E após afagar os seus cabelos, espantar uma mosca de sua testa e beijar o seu rosto com aquela mesma boca que, momentos antes e pela primeira vez, havia tocado em meu ventre, este mesmo homem — cujos restos agora lhes dou de beber — depois de tirar do seu dedo e de colocar no meu este anel, cujas pedras ainda brilham em noites escuras, começou, preso ao seu mistério, a retirar do guarda-roupa as suas calças e camisas. Enquanto ingenuamente, e sem dar importância àquela atitude, pois pensei, trata-se de mais alguma de suas viagens, eu ainda parecia sentir o roçar de sua língua em meu corpo e ouvir o que me dizia nos delírios do gozo.

Mas de repente estremeci: as minhas vistas se turvaram, os membros enrijeceram, e eu falei: você está brincando. E ainda tentei passar as mãos em seus cabelos e trazê-lo de novo para a cama, quando então, friamente, Antônio me respondeu: eu não brinco com coisas sérias, Isaura. E me afastou com um empurrão depois de esmagar o que pensei ser uma barata, pelo estalo que se seguiu ao arremate de suas palavras ao cravar em mim os seus olhos e ao falar como a si próprio: somente agora que achei estas pedras e estou rico como poucos, mamãe que me preocupava tanto já descansou — e o inventário não deu problemas — poderei, sem temor, realizar um antigo e sempre adiado sonho: sair por aí e conhecer, sem pressa, esses lugares todos. Passar por outras serras, provar de outras nascentes, e chegar de trem — ou quem sabe de navio — às portas de grandes cidades, nas quais, com certeza, poderei fazer coisas que nunca me foram permitidas.

Mas ainda sem querer acreditar no que ouvia, pois tão ridícula brincadeira não fazia sentido — e aquele homem só poderia estar ficando louco — fui repelida aos empurrões ao tentar lhe dar um abraço, enquanto lhe falava: mas meu amor, se você vai, por que então não vamos nós, eu e Isaura, em sua companhia, a conhecer todos esses lugares que nem imagino como são: outras terras, longe destes cerrados; outros campos, que não sejam estes cascalhais de cobras e calangos, enfim, todas essas coisas que já me cansaram, e fizeram de mim uma mulher assim tão...

Mas fui obrigada a me calar pela violência de seus gritos seguidos da aridez de suas frases enquanto ele dizia: eu me cansei, Isaura, eu me cansei desta merda toda. Eu não quero mais esta fazenda com todos os alqueires e aguadas e boiadas que já perdi a conta. Não preciso mais de poder político; também já não me interessa ser reconhecido pelas pessoas como o filho mais velho de Manoel Túlio, seguidor de sua obra "para fazer de Santa Marta a mais bela cidade do Vale". Basta. Não quero mais ser chamado de doutor nem tratado com honrarias. E quer saber mais, quer mesmo que eu lhe diga, Isaura? Ricardo está morto, o assassino continua solto e eu não pude, não tive como vingar. E isto me dói, dói muito. E tem mais, muito mais: eu não quero você, te rejeito como desprezei o meu diploma e os louvores e as medalhas de melhor aluno. Eu não gosto, nunca gostei de você, que jamais me completou como homem e que simplesmente — e isto não basta — rezou e abriu as pernas.

E deu um murro no espelho, os cacos se espalharam pelo chão, e eu me vi refletida em todos eles. E começou a quebrar, como um possuído, tudo o que lhe vinha às mãos. E espatifou a caixinha de música de dentro da qual — e quando estávamos sós — saía, para me contar a sua história, Marcela de Aguillar: ex-bailarina em um cassino e outrora dona de terras, quilos de marcassita e casada com um rico senhor. Mas que daí em diante, para o meu desespero e solidão não seria mais a minha companheira em horas de silêncio, quando, somente ao longe, se ouvia o cantar da cachoeira. E um dos seus pontapés atingiu o meu ventre contraindo o meu corpo e eu senti o sangue escorrer por minhas pernas, enquanto tentava, como podia, proteger a minha filha que aflita chorava em meus braços e ele a chamava de demônio.

Mas não deixei que a espancasse e a defendi como pude e gritei: nela você não toca seu cachorro filho de uma puta. E muito mais coisas, como uma possessa e mulher disposta a tudo, inclusive a matar, se fosse preciso, eu lhe disse. Até que se passaram alguns minutos e uma chuva com o céu se cortando em relâmpagos começou a cair; ele foi se acalmando, me pediu o seu comprimido e um pouco de chá. E disse: me perdoe, Isaurita, pois às vezes, sem querer, perco a cabeça quando aquela voz, que não sei de onde vem, me ordena que faça certas coisas e diz, tem que ser assim!

E ainda tremia muito quando caiu de bruços na cama e começou a soluçar, enquanto se despia. E em seguida, chorando alto e continuamente, ele adormeceu; para, na manhã do outro dia — bem antes dos gritos dos vaqueiros — me deixar só, e iniciar uma longa viagem que duraria muitos anos, apenas retornando a esta casa e a estas sendas, para um breve e derradeiro convívio, quando todo o seu dinheiro acabou e eu já não era a mesma: mas uma outra mulher que em uma tarde de janeiro, quando as tanajuras já sem as asas cavavam túneis, e, em pequenos grupos, os escorpiões se suicidavam, foi encontrá-lo.

E Antônio também era outro: estava com as roupas rasgadas, tinha uma profunda cicatriz e dormia debaixo de um cocho, envolto em um pelego branco. A princípio quando o enxerguei e com as pontas dos dedos toquei em seus pêlos, não quis admitir estar ali aquele que era o meu marido e que há tempos se fora. Dele, só recebendo notícias nos primeiros meses quando quase todos os viajantes ou índios que passavam, e eu deixava que acendessem suas fogueiras e ficassem à vontade em suas redes, mas bem afastados da casa, costumavam me dizer: dona Isaura, eu vi o seu Antônio em tal cidade. Estava dentro de um bar e jogava baralho. E ainda: ele usava roupas vermelhas, gravata-borboleta, e se portava como um lorde em um bordel, onde pagava bebida para todos os que rissem de suas piadas e elogiassem a beleza de uma mulher que tocava harpa paraguaia e com a qual ele estava abraçado. Mas o mesmo, dona Isaura, fingiu não me reconhecer, com certeza com medo de que eu contasse para a senhora.

Me disseram que ele entrou para a maçonaria e que está pensando em se candidatar a deputado. Falam também, não sei se é verdade, que se amigou com uma tal de Penha, cigana que comprou por enormes quantias. E ao ouvir este nome, do qual nunca me esqueci, trinquei os dentes e comecei a tremer. Pois essa era uma mulher de pintas roxas na perna que certa vez, quando o seu bando pousou aqui em Santa Marta, até ser escorraçado pela polícia que para tirá-lo precisou de reforços do batalhão e da ajuda do capitão Torres, infernizou a minha vida. Pois Antônio, que passava a maior parte do dia em sua tenda, pedindo a ela que lesse a sua sorte ou jogasse os búzios, a trouxe para dentro de casa e disse, me obrigando a engolir a humilhação: querida, esta é a nossa nova empregada. E foi com ela que durante mais de seis meses, até que seus companheiros cruzados em armas a buscaram, ele dormiu no quarto ao lado do nosso. Enquanto abraçada à minha filha, que só depois viria a saber destas histórias, e ser o meu único ponto de apoio, eu simplesmente chorava.

E é para este homem e para as suas roupas rasgadas, para esta ferida na qual se aninham as varejeiras, para a sua boca que deve ter beijado tantas outras, e para estas rugas e estes cabelos brancos que agora — sem poder acreditar — eu olho. Enquanto lágrimas, já esquecidas, escorrem pelo meu rosto, me assento um tanto atordoada ao seu lado e começo a sentir, bem próxima a mim, a sua respiração e o mau cheiro do seu hálito.

E entre tantos pensamentos busco nele aquele rapaz bonito que de olhos baixos — e sem nenhuma certeza — eu esperei na porta da igreja rodeada por dezenas de convidados. E recordo-me com clareza das incontáveis noites de lua logo após a sua partida, quando, pulsando em mim toda a força de uma mulher a rolar de um lado a outro na cama — depois de folhear mais uma vez o livro de capa marrom e fotos coloridas — eu desfazia as minhas tranças. E, mesmo que rejeitasse, não encontrava outra alternativa a não ser outra vez ir ao encontro de um solitário prazer que depois tanto me frustrava, quando, com a língua endurecida e os seios ofegantes, o meu corpo se contorcia ao contato dos dedos que de mim arrancavam tímidos gemidos. Momentos em que a fêmea que não sou mais invejava o choro dos gatos no telhado, ou os relinchos de algum cavalo a incitar o cio das éguas. Então com um cigarro aceso eu me enchia de coragem, e mesmo sabendo que jamais concretizaria estes pensamentos, eu abria as janelas do quarto, deixava o vento roçar o meu sexo e lentamente penetrar o meu corpo, já com a decisão tomada de, no outro dia, escrever a Valter e dizer a ele que sim.

*E*u também quero estar com você, moreno, e outra coisa não tenho feito a não ser pensar no seu amor, nas suas mãos amassando os meus peitos, em todo o seu corpo dentro do meu. E assim, às vezes pensando alto, eu sonhava. E desta maneira, me masturbando cada vez mais, os dias iam passando e a solidão, com as suas teias, entranhando-se para sempre no meu coração. Eu sentia ainda, sem que nada fizesse, que ia me tornando uma mulher egoísta: uma outra pessoa, por exemplo, que já não se preocupava tanto com a morte — antes o meu maior pavor. Nem com os desmandos e as injustiças cometidas ao meu redor ou por mim mesma, que me calando ou fingindo estar alheia, estava também, sem motivo algum, maltratando muito a minha filha.

E Isaura, ainda menina, ia crescendo calada e vivia pelos cantos da casa rabiscando formas estranhas, com catarro escorrendo até ao queixo. E como se não bastasse, estava comendo tudo: até tampinhas de garrafas ou o pus de suas perebas. Começava ainda, com requintes, a fazer coisas estranhas como deixar dentro de uma bacia com iodo a sua boneca preferida. E gritava para todos: venham ver! Venham ver como eu matei a bruxa! Também em suas mãos estavam sofrendo pequenos animais, como os gatos ou os porquinhos-da-índia, nos quais ela derramava querosene, ateava fogo e batia palmas quando aflitos eles se atiravam na primeira poça que encontravam. Ou ficavam, como doidos, girando pelo terreiro com aquelas sinistras tochas em seus pêlos enquanto por nossas narinas entrava o doce cheiro da morte e em mim crescia uma incontrolável vontade de voltar a encontrá-lo.

*M*as por que, meu amor, por que você me abandonou assim? Me diga se é verdade que voltou a se encontrar com aquela cigana e com ela viveu dois anos em uma casa cheia de açudes e jardins, enquanto a rameira tocava harpa e cantava guarânias, coberta por seus zelos e pelos brilhantes que foram de mamãe?

E eu lhe perguntava. E de tudo queria saber. E as suas respostas, embora mentirosas, me satisfaziam. E com mercurocromo, água oxigenada e paninhos brancos, eu cuidava de suas feridas. Com sabão em pó e anil eu lavava e tingia as suas roupas. Também lhe preparava comidas, mandava longe buscar mangaritos, fazia escaldados e finos salgadinhos, além de marmeladas, sua sobremesa preferida. E me desdobrando em caprichos, como nos primeiros anos, eu ia cuidando de sua recuperação, enquanto lhe contava, nos menores detalhes, tudo o que aconteceu em nossa casa na sua ausência.

E lhe dizia das saudades que senti dos carinhos da nossa última noite. E ele me perguntou: você me ama? E eu lhe respondi que sim. E ele disse: você me perdoa, Isaurita? E eu fechei os olhos, toquei em seu peito, senti o seu coração. E abraçando-o, pensei somente em Isaura, na mulher que ela ia se tornando, e em nada mais. Quando então, chorando, ele me confessou: eu preciso de sua ajuda e quero ficar aqui para envelhecer ao seu lado, pois já estou farto de tanta irresponsabilidade. E eu, com movimentos discretos, somente lhe respondia, sim, querido, eu nunca me esqueci de você.

E foi assim, minha filha, que chegou o entardecer. E foi assim, querida, que entre carícias tantas, ouvindo as suas histórias, entramos noite adentro, até que dos espigões vieram os primeiros sinais da manhã. Quando então, depois de beber o que ainda restava do vinho — que mandei especialmente comprar — e de arrancar daquele homem todos os prazeres dos quais me privei nos tantos anos em que estive só, eu esperei que ele adormecesse. E logo em seguida, após escrever pelas paredes frases que louvavam não a vida, mas a procura suicida do amor, apaguei com um sopro a luz do lampião. E já com uma navalha aberta, tomada por um incontrolável ódio, retalhei em golpes profundos o seu corpo: senti o quente do seu sangue e comecei a carregar aquela morte.

Muitos anos depois daquela viagem de vapor quando com o meu avô, vovó Isaura subiu o rio São Francisco indo até à Bahia onde conheceram Bom Jesus da Lapa, e algum tempo após a passagem por Santa Marta do homem que trazia no bolso uma ordem assinada pela polícia para matar o sócio que havia lhe roubado os diamantes, e três dias antes de sua morte, quando cumprindo uma antiga promessa, vovó Isaura se jogou nas águas do Suaçuí, com a voz baixa, e assentada em sua cadeira de balanço, ela me rodeou de carinho, e enquanto o vento soprava do sul, eu, lixando as unhas — mas atenta a todos os seus movimentos — a ouvi contar a sua história e compreendi a razão do seu silêncio.

E ela me falou, acariciando as minhas tranças, sobre os últimos dias que passou junto à sua família que em uma longínqua madrugada seria massacrada por dezenas de cavalos e pelo estanho envenenado das balas. Mas em nenhum momento percebi em seu rosto a menor expressão de lamento, porém as cicatrizes de uma tristeza nas várias horas que gastou para me contar, com gestos e modos bem seus, aqueles últimos instantes — quando, já tudo consumado e ainda mais só, vovó foi levada na garupa de um cavalo, léguas adiante, pelo mesmo homem que amarrou as suas mãos e entre os seus semeou a morte. E com o qual, por tantos anos, até ver criado o último dos seus quatorze filhos foi obrigada a conviver, quando então, à procura de sua definitiva liberdade, ela se deixou levar pela força das corredeiras: porque, Isaurinha, muito cedo, eu esqueci o significado do amor que infelizmente jamais pude sentir ao lado de quem, em meu coração, deixaria tantas marcas.

Mas que nas últimas horas, já percebendo o seu fim, com as velas acesas ao redor da cama — cercado das atenções dos que raramente o visitavam — e depois de receber a extrema-unção de um padre buscado às pressas, pediu às pessoas que saíssem e que me levassem à sua presença, pois, em segredo, precisava falar comigo. Eu, que no entanto, não consegui chegar ao que, para mim, seria uma grande falsidade, se cumprisse o seu último desejo. Uma vez que expostas em meu peito aquelas feridas ainda sangravam. E congelaram o sangue em minhas veias. E eu senti o meu corpo arrepiar quando a sua mãe, Isaura, criança ainda coberta por uma manta, veio à sala onde eu me encontrava, e na qual passei boa parte de minha vida. E, após elogiar o bordado que eu fazia para o casamento de uma afilhada, disse, com as mãos em meus ombros e tomada pelo abatimento: tente, mamãe, pelo menos agora, esquecer um pouco o passado.

E me lembro que embora não fosse mês de junho um vento frio entrava pelas gretas e se alojava em minhas pernas. Os marimbondos chiavam nas cumeeiras e, mais distante, no Campo das Flores, os uivos de uns guarás enchiam a noite, me fazendo perceber com mais nitidez o quanto aquilo estava entranhado em mim. Eu, que naquele momento, tomada por uma certa surpresa, me dava conta de que aquela tragédia me fazia bem, pois há quanto tempo eu esperava por aquele dia de vingança. E assim voando e com o pensamento distante, mas já com uma decisão tomada, ouvi que a minha filha ainda dizia: ele quer que a senhora o perdoe, mamãe. E repetiu: ele está às beiras da morte, e o sangue já se coagula em seu corpo. Será que a senhora não sente? Ou se transformou em uma pedra de gelo?

Me recordo também que nos instantes seguintes até que Isaura desistindo do seu intento me deixou novamente só, eu acariciei as suas tranças muito negras, como haviam sido as minhas; enquanto, no quarto ao lado, os gemidos de Antônio já não enchiam de incertezas o meu coração, pois, aos poucos, para o meu alívio, iam se tornando escassos, apesar do seu esforço ao chamar por mim e a implorar o meu perdão em frases inconscientes onde aquela matança, nos breves instantes que lhe sobravam, talvez não passasse de vagas alucinações, ou de algum pesadelo, destes que às vezes nos atormentam e assustam as pessoas que dormem ao nosso lado. Ou quem sabe, pior do que isto, fosse a revelação de cruéis segredos, não menos fortes do que o ódio que durante anos por ele eu nutri, apesar de ser a sua companheira e estar ao seu lado em todas as épocas — nas temporadas de plantio, por exemplo, quando, por nossas mãos, as sementes eram guardadas na terra. Também em intermináveis dias de seca e trincas abertas nos vales onde morriam as criações e as ossadas davam a estes lugares um sinistro aspecto de abandono. Ainda, em vésperas de eleições, quando com as suas visitas, fossem simples cabos eleitorais ou candidatos importantes, eu conversava sobre todos os assuntos relacionados ou não aos jogos do poder que sempre detestei, mas em que, por imposição sua, sempre estive metida. No entanto, Isaura, a nenhum dos meus filhos e principalmente à sua mãe, pois ela crescia uma criança nervosa, deixei transparecer a verdadeira face daquele homem e rico senhor: herdeiro das melhores terras e de centenas de cabeças de gado que mais tarde — quem sabe por culpa — viria a me enfeitar com as mais caras jóias e a me apresentar como a sua esposa.

*T*alvez ele quisesse, agindo assim, apagar de sua lembrança ou jogar para os recantos mais escondidos, aquele dia, quando acompanhado por jagunços, a maioria buscada na Bahia, ele mandou que cercassem a casa e que se iniciasse o tiroteio. Quando, aos gritos, que se confundiam com os latidos dos cães, e montados em seus cavalos ou em bestas, os que cumpriam as suas ordens primeiro atiraram em um meu primo que se chamava Tarcísio e que morreu abraçado a uma carabina, ao tentar uma melhor posição no alpendre, onde também caíram, defendendo a nossa casa, o meu pai e três dos meus irmãos. Eu, mamãe e duas empregadas ficamos dentro de um caixote, em um quarto dos fundos, até que se passaram muitas horas. E quando tudo já parecia terminado e a nós só restava rezar e pedir a Deus pelas nossas vidas, o silêncio foi quebrado pelo relinchar de um cavalo, seguido pelo grito de um homem, a dizer: vasculhem canto por canto desta merda, porque, a não ser aquela mocinha morena, que deve estar com a mãe por aí, eu não quero que sobre mais ninguém.

E mandou que incendiassem a casa. E que os corpos, depois de cortadas as cabeças, fossem jogados no rio. Ainda o ouvimos repetir: não deixem escapar a morena. E o fogo se alastrava. A fumaça ardia os nossos olhos. E uma cobra, que pulou dentro do caixote, foi estrangulada por minha mãe, que me apertava em seus braços. Deles, que tremiam, escorria um suor frio. Uma das empregadas, até então em silêncio, não se conteve mais. Começou a deixar um cheiro horrível nas calças e a gritar: eu quero sair daqui! Eu quero sair daqui! E desta maneira, na hora em que as labaredas já atingiam o teto, fomos descobertas, retiradas do quarto por dois homens e levadas à presença do chefe que lhes disse: acabem logo com a velha e com estas duas moças. Mas a moreninha, podem deixar comigo, pois dela eu tomo conta.

E eu senti como se fosse desmaiar. Tremia muito. Urinava nas calças, e ele mandou que eu chegasse mais perto, me ajoelhasse a seus pés e beijasse as suas mãos: pois, daqui para frente, você será minha. Mas, ao redor, tudo ardia. A fumaça entrava em meus olhos. Um cheiro doce invadia o meu nariz. A cabeça do meu pai, que se recusou a lhe vender as terras, separada do corpo, se encontrava a uns poucos passos de mim. A barriga do meu primo, que queria ficar conosco, mesmo se a sua mãe se recuperasse, estava furada. E os seus olhos, vidrados. E mais adiante, meio encolhido e sujo de bosta, eu reconheci um dos vaqueiros, que sorria com um buraco na testa e uma espécie de baba na boca. Mais para o fundo do quintal, para onde foram levadas, nada se ouvia que traduzisse a esperança de que mamãe e as duas empregadas pudessem estar vivas. E onde antes ficava a nossa casa, agora só restavam escombros e a quente poeira das chamas.

*M*as à minha frente com aqueles dentes de ouro, o homem, com as mãos estendidas e um chicote em volta do pescoço, esperava que eu as beijasse. Enquanto os seus capangas, ao redor, olhavam para mim, que de cabeça baixa, me recusava a acreditar em tudo aquilo que só se converteria em realidade, para o meu desespero, quando um sujeito que mancava de uma perna e tempos depois eu soube que se chamava Jó, e em Paulistas havia matado um padre, chegou onde estávamos. E após tirar o chapéu, pedir licença e gaguejar um pouco, disse, repetindo três vezes a mesma frase: tudo pronto, patrão.

*F*oi então, Isaura, que neste instante, eu percebi a dimensão da tragédia. E tive para sempre a certeza de que todos estavam mortos. E que nada mais adiantaria ser feito, pois Deus, com todos os seus seguidores e crenças, não passavam de mentirosos. E muito mais, muitas outras infâmias, eu pensei naqueles instantes em que tudo daria para também morrer.

$\mathcal{M}$as essa situação, aos poucos, e não consigo explicar como, foi sendo substituída por uma nova força que me impelia a encarar o homem que, à minha frente, com as mãos estendidas, esperava que eu as beijasse. Ordem essa que quase obedeci, pois cheguei a tocar em uma delas. Mas, de repente — e só aí percebi a minha coragem — eu me paralisei como um animal assustado. Senti que um gosto amargo subia pela minha garganta, e tive a certeza que o odiava, e que era necessário que eu vivesse, e enfrentasse tudo, para assim alimentar o meu ódio e planejar a minha vingança. Então, não sei como, cuspi em sua cara uma mistura de catarro e sangue, olhando-o nos olhos e para os seus anéis, cujas marcas ficariam por todo o meu corpo. Enquanto Antônio não se cansava de pedir cigarros e repetir, como se não houvesse ninguém em sua presença: você vai ver o que acontece às pessoas que não fazem o que eu quero e não sabem do que sou capaz.

$\mathcal{E}$ bateu em mim com violência. Os pontapés e chicotadas abriram lanhos em minhas carnes, contraindo em vômitos o meu ventre. Até que os joelhos, devagar, foram se dobrando e repetidas vezes o chamei de senhor: beijei as suas mãos e a sua boca e implorei pela minha vida, que a partir daquele dia, e nos dez anos que se seguiram — até que pude andar pela casa — passaria a lhe pertencer. E, trancada dentro de um quarto, dia e noite vigiada por seus homens, a comida me era entregue por um buraco. As necessidades, eu as fazia em um urinol que no outro dia era recolhido com as peneiras — que eu tinha obrigação de trançar — pela mesma negra que, aos sábados, me trazia o banho e vez ou outra ervas cheirosas. Pois aos poucos foi se afeiçoando comigo. E aos meus ouvidos, quando podia, revelava notícias de algum amigo ou parente que havia reaparecido, enquanto, com aquelas mãos ásperas, passava a bucha em minha costas — e em tons de confidência — me falava de Antônio e de suas intenções.

E enquanto me contava a sua história e olhava em meus olhos, nos quais, com certeza, buscava traços ou atitudes que me fizessem cada vez mais parecida com a minha mãe, vovó Isaura, talvez, ainda ouvisse o rangido daquelas botas no assoalho, quando a passos lentos, para que ninguém percebesse, o meu avô, noite adentro, cruzava aquele pequeno espaço. E, com as chaves nas mãos, destrancava a porta do quarto, onde a mantinha presa. E sem dizer uma só palavra, assim como estava vestido — e às vezes sem tirar as esporas — ele a obrigava a dizer, eu te amo. Eu quero o seu amor. Enquanto, como um louco, se atirava sobre aquela mulher que não tinha outra alternativa a não ser fechar os olhos e cumprir a sua vontade. Sentindo no entanto o mesmo desejo de morte daquele dia em que vendo tanta desgraça, se apoderou do seu coração: ela teve que se dobrar de joelhos, implorar por sua vida e entregar-se àquele homem que, atrás de umas pedras, deixaria em seu ventre de adolescente o primeiro dos quatorze filhos. Dos quais a mais nova que era a minha mãe e a única pessoa além de mim, a saber dos seus segredos e as mais íntimas angústias, se hoje estivesse aqui, ao nosso lado, talvez nos ajudasse a tornar mais amena esta narrativa.

As vezes, estando ocupada na cozinha ou em outros afazeres, como remendar as calças que Antônio usava no campo, ou passando algum dos seus ternos para as reuniões políticas, ou da maçonaria, ou ainda respondendo às cartas que os empregados recebiam dos parentes em São Paulo, ou fazendo as quitandas que nunca faltaram aqui em casa, assim como o café-com-leite que ainda tomamos antes de deitar, ou seja lá o que for, que nem sempre eu percebia a ausência de minha filha.

E ralhava com ela muitas vezes, quando já escurecendo, com a roupa suja, Isaura abria o portãozinho, limite entre o alpendre e os currais, que ficavam nos fundos, cortados por um riacho. E em silêncio entrava pela casa, indo, quase sempre sem responder às minhas perguntas sobre o que fazia ou onde estava e com quem, em direção a um dos banheiros no qual costumava ficar horas seguidas, cantarolando as únicas musiquinhas que sabia: antigas dolências ou quadrinhas que havia aprendido com a minha mãe, quando ela já estava surda e na cadeira de rodas. Mas sempre lúcida e repetindo aos meus ouvidos que Isaura ainda me daria muito trabalho; porque — e disso ela tinha certeza — a minha filha havia puxado a uma parenta nossa que vivera nos tempos da escravidão, lá pelos lados da Penha. Onde ainda menina — mas já desencantada — foi encontrada atrás de uma porteira engolindo cacos de vidro.

Mas a cena de minha filha sempre chegando suja e cada vez mais tomada por um silêncio que aumentava o meu temor acabou por se repetir de tal modo com ela mais e mais arredia, se recusando a me dirigir a palavra ou a responder o que fazia mesmo sob ameaça de castigo, que um dia, intrigada, e querendo sobre aquelas estranhas excursões exercer algum domínio, eu resolvi deixar por algumas horas as minhas tarefas para segui-la a uma certa distância, logo após o almoço. Quando, antes de comer do doce de que mais gostava e de tomar um pouco do suco, ela pediu licença após beijar a mão do seu pai e recusar uma pêra que ele havia trazido de sua última viagem. E tomou em seguida, já com as pazinhas e o balde na mão, o rumo da manga, onde eram criados uns porcos que Antônio havia comprado em uma exposição de sociedade com um dos seus correligionários.

E assim, observando-a e escondendo-me de árvore em árvore para não ser descoberta, mesmo sabendo que poderia ser picada por uma daquelas cobras que se aninhavam nos pés de banana ou nas moitas de erva-cidreira, eu quase não me permiti acreditar — sendo esta uma das coisas que ainda hoje, já passado tanto tempo, mais me perturbam — quando enxerguei a minha filha com aquele vestido branco, junto aos porcos, esfregando no corpo as fezes que perto das banheiras eles deixavam.

E embora fizesse todo um esforço e para mim repetisse: não. Isso não pode ser verdade, eu devo estar ficando louca ou tendo alguma miragem, minutos depois, já sem controle, assim meio cega, não consegui conter um grito quando vi que Isaura, além de se esfregar, também levava à boca e comia aquelas imundícies. As mesmas que tempos mais tarde — quando desesperada e sem a sua presença, eu, buscando alguma coisa que me ajudasse a descobrir quem havia sido a minha filha — também viria a comer.

*M*as naquela hora foi outra a minha reação. Pois antes de sair correndo ao seu encontro e de arrancá-la daquele lugar com pancadas cujas marcas por muitos dias ficariam em suas costas, eu vomitei uma mistura de sangue com o resto da comida que paralisara em meu estômago. E confesso que voltei para casa arrasada. E Isaura, que não queria me acompanhar, esperneava e mordia os meus braços; me chamava de bruxa, e aos gritos dizia coisas que não tenho coragem de repetir.

E foi assim que nas três noites e nos três dias que se seguiram sem sair do quarto que só seria aberto na hora do almoço e do jantar ou para satisfazer as suas necessidades, e sem saber das três cobras — que foram encontradas e mortas quando tentavam subir as escadas — que minha filha ficaria trancada: e não adianta pedir, pois não deixarei você brincar com os galinhos. E também fique sabendo: não vou permitir choro e nem cara feia, porque, senão, o castigo será bem diferente e você irá se arrepender.

E após fazer esta última advertência, já quase sem conter o choro, e de lhe mostrar que não adiantaria ficar pedindo para sair, pois o que ela havia feito não tinha cabimento — e só poderia ser coisa em parceria com o demônio — eu fechei bruscamente a porta do quarto, e dei duas voltas na fechadura, no entanto, já sem suportar a dureza de tudo aquilo e, disposta a mais tarde, quando fosse me deitar, conversar com Antônio e saber a sua opinião para em seguida chegar até Isaura, acariciar os seus cabelos e dizer-lhe: olhe minha filha, desta vez, eu e o seu pai vamos te perdoar. Mas se você insistir neste absurdo que é ficar no meio dos porcos, enquanto existem coisas mais interessantes, o que lhe acontecerá será pior, pois mandaremos você para o internato, onde eu e sua tia Judite estudamos e onde acontecem aquelas coisinhas que você já sabe.

E lhes digo que fui dura e que insisti naquelas ameaças pois sabia do pavor que as moças aqui de Santa Marta sentiam por aquele colégio onde, apesar de tudo, eu passei o melhor período de minha vida. E no qual desde o meu tempo dezenas de irmãs já viviam no mais completo silêncio, só quebrado, às vezes, por alguma tosse ou suspiros, quando voltavam lembranças ainda não adormecidas, como as de uma carta recebida após longos dias de espera ou as que agora me transportam, mais uma vez, àquele resto de tarde que passei mais aliviada, sem pensar no que poderia estar acontecendo com a minha filha presa naquele quarto, onde não chegava a luz e um ar que não fosse viciado. Além da incômoda e constante presença das baratas, que só ali encontravam o refúgio tantas vezes buscado na minha infância quando alguma coisa me aborrecia e, impotente para resolvê-la, eu me voltava para dentro, e cosia fios que ainda hoje não consigo desfazer.

Como na noite em que meu pai, sem nenhum motivo, pois há meses os curiangos não voltavam, deu uns tiros para o ar e minutos depois, andando nervoso pela casa, ainda com a carabina em brasas, amassou com as botas amarelas, feitas especialmente para ele, um pássaro-preto que eu havia ganhado de um senhor, cujo nome já não sei, mas de quem guardo uma terna recordação, pois todas as vezes que passava com a sua tropa enfeitada com peitorais e cincerros, usando umas roupas coloridas e no peito cinturões com balas, com certeza trazia alguma coisa para mim.

E foi assim, recordando algumas passagens que me marcaram e hoje me levam adiante, que eu resolvi abrir a porta do quarto, abraçar a minha filha, afagar as suas tranças e conversar com ela de uma maneira mais íntima, que quase nunca acontecia, para saber, realmente, o que estava se passando e o que a entristecia, se o que nós fazíamos era pensando na sua felicidade.

Mas as coisas não se deram como imaginei. Muito menos mimei as suas tranças, lhe dirigi palavras amigas, ou lhe dei os presentes planejados. Mas, mais uma vez, a obriguei a se deitar no meu colo e a receber calada, pois se chorasse seria pior, várias chineladas, quando, ao abrir a porta, eu quase deixei cair o lampião ao vê-la nua e suja de terra, comendo pedaços de tijolos. E os comia com a mesma avidez do outro dia, quando a encontrei devorando jornais e velhas revistas, ali há muito esquecidas. E com as quais, logo após a minha primeira menstruação, muito me diverti, quando o sangue, que escorreu por minhas pernas, fez de mim uma mulher que sonhava em conhecer um daqueles rapazes cujos belos olhos e rostos estampados naquelas revistas, aos poucos iam sendo comidos por minha filha em meio ao silêncio desta casa, que uma semana depois viria a receber a visita de um médico para curar Isaura do que, para mim, era o reflexo de um terrível mal. O mesmo que em épocas remotas teria se apoderado de alguém em nossa família e do qual talvez ela só se livraria com a presença de um padre, ou com a morte.

M as depois de se trancar com a menina por mais de duas horas ali no mesmo quarto onde ela estava e que em outras épocas — bem antes de mim — teria sido o refúgio de tia Maria, que após perder o noivo assassinado em uma destas curvas, nunca mais foi a mesma, passando o resto da vida com as mãos grudadas nos seios, para que não caíssem, esse médico — que viria a contrair lepra, após escrever um livro sobre o assunto — saiu carregando a minha filha que parou de chorar ao nos ver, e com um leve sorriso, os olhos cravados nos meus, disse: lá dentro eu pintei um lindo quadro para a senhora, mamãe.

E foi assim que livrando-se do médico em um brusco movimento ela se entregou a mim com toda a ternura de um abraço do qual eu haveria de me lembrar com desespero muitos anos depois, naquela tarde de janeiro, quando, já moça e recém-chegada do internato, para aqui passar as férias com uma colega que se chamava Marise e que quase não falava, eu nada pude fazer: fiquei petrificada, quando, ao sentir por mais tempo a sua falta, me dirigi àquele quarto que nunca mais seria aberto. E, ao olhar pelo buraco da fechadura, não pude conter o mais sinistro dos gritos quando vi que dos olhos de minha filha, que nunca mais se fixariam nos meus, escorriam grossas lágrimas vermelhas.

Na manhã em que velavam o corpo do meu irmão eu estava entre o meu pai e a minha mãe e o meu pai me dizia: veja, filha!, olhe bem para ele! e nunca se esqueça do que lhe fizeram! Enquanto minha mãe chorava amparada por uma das minhas tias que usava anéis bem negros, mas nos quais e nos seus brincos, por mais que me esforçasse, eu não conseguia fixar a atenção. Pois, a cada instante em que neles eu via refletido o meu rosto, o meu pai apertava-me os ombros, e com o olhar ora em minha direção, ou nos lábios sem vida do meu irmão, repetia como para si e mais ninguém: veja, filha!, pense no que nos aprontaram! E eu notava a sua voz engasgada e a sua luta para esconder o choro que em mim saía abundante.

Mas como eu poderia não estar chorando se me encontrava ali bem próxima a ele e o sentia morto? E também ao lado do meu pai, que em meus ombros deixava todo um peso, e cabeça adentro, o eco de suas palavras?

*N*ão. Eu não tinha condições de exilar a tristeza. Pois, para mim, era muito difícil ouvir aquelas orações e ter a certeza de que nunca mais veria o meu irmão. Nem em sua companhia, de grota em grota, a cavalo ou a pé, eu iria à procura das frutas temporãs ou das orquídeas vermelhas. E que em poucos dias — e na prática o padre havia frisado — dele nada mais restaria, a não ser a sua doce lembrança.

E é por tudo isso, dona Isaura, que eu digo à senhora e ao seu Antônio e a todos os seus entes e pessoas queridas que muito mais forte que a dor da perda é o conforto da vida eterna. E é por este motivo, meus caríssimos, com os poderes a mim legados pelo Salvador e que humildemente os transmito a vós, que vos abençôo e faço uma prece ao jovem Ricardo, cuja alma, a estas horas, pelo bem que praticou aqui na Terra, já se encontra na farta mesa do Senhor.

E dizendo assim e depois de abrir e fechar várias vezes os braços em gestos que não sei por que, naquele momento os comparei ao galeio das garças, o padre desceu do improvisado altar. E após guardar em um dos bolsos, sob os cúmplices olhares de minha mãe e de minha tia que não parava de piscar e rodar uma chavinha, algumas pétalas das que enfeitavam o meu irmão, ele se dirigiu a nós, e depois de passar pelo meu pai e pela minha mãe, chegou a minha vez de receber os cumprimentos e uma pequena bíblia até hoje guardada, não sei explicar direito o que senti: mas uma espécie de nojo ao perceber encostado no meu, aquele rosto suado e muito liso. E ficou tão clara a minha reação, que dias mais tarde, quando as coisas já estavam mais ou menos no lugar, minha mãe se trancaria comigo no quarto para dizer: você agiu muito mal ao proceder daquela maneira, destratando sem nenhuma razão a quem sem interesse nos serviu.

*A*firmo que as coisas estavam deste modo quando padre Celso se retirou; com ele se foram os coroinhas e o silêncio se impôs ali naquela sala, só sendo quebrado, quando se tornava insuportável, por um dos meus tios que se chamava Fernando e que em Jacuri, além de um bordel, era dono de uma casa de loterias, certa vez fechada pela polícia. E foi esse tio, que gostava de usar óculos escuros e gravar o que diziam as pessoas, que com as mãos trêmulas e sem aceitar que ninguém o auxiliasse, colocou a tampa sobre o caixão. E com uma chave de fenda que trazia no bolso, apertou ao máximo os parafusos, impaciente ante a insistência de um desconhecido que ao ver recusada a sua proposta de ajudar no que pudesse, tirou, para a surpresa de todos em voz alta e pouco afinada, cânticos que só ele entendia.

E foi também em meio a essa confusão que minha mãe desmaiou e eu senti com mais firmeza, como se fosse afundar-me no assoalho, as unhas do meu pai presas aos meus ombros. E ele dizia: veja, filha!, veja bem, minha filha!

E se esfriou como uma pedra. E as suas faces, antes rosadas, se tornaram de cera. E as suas garras, como de abutre, se entranharam em minhas carnes, quando, depois de muita dificuldade, devido ao tumulto gerado pelo grande número de pessoas na sala, teve início a saída do corpo, com a fila encabeçada por outras crianças; cada uma, apesar da ventania e ameaça de chuva, tentando manter acesa a sua vela. E foi também neste clima, quando pelas mãos de quatro pessoas meu irmão deixou para sempre a nossa casa que eu — que até então me recusava a acreditar e ver como reais aquelas cenas — e com muito custo me mantinha de pé, quis descobrir lágrimas no rosto do meu pai, enquanto as mulheres, em tons diferentes, prosseguiam em suas preces.

*M*as ele se mantinha firme e a sua distância era tão sentida que foi me deixando intrigada e comecei a me perguntar e a insistir nesta pergunta: por que o meu pai não chora se gostava tanto de Ricardo e um dia me fazendo inveja deu-lhe de presente um cavalo arreado e uma bola de futebol? O que o faz ser assim tão forte como o repique do sino ou a presença do vaqueiro, que vigiando das nuvens fez uma ameaça ao meu tio quando este, em uma tarde de maio, tentou se aproximar de Ika, a sua companheira? Essa mulher vestida de preto, com um rosário nas mãos e de cabeça baixa que está a uns três passos de nós, e na qual, para esquecer outras coisas, detenho a minha atenção. E penso no seu marido e no boi que furou a sua barriga e nas noites em que, com medo de sua alma, fiquei sem dormir.

*M*as em seguida, sem outras alternativas, desvio essas imagens a um grupo de pessoas que saídas das vendas, dos becos e das travessas, vão entrando na fila e nas portas que em nossa passagem se fecham, enquanto em mim, sem que eu perceba, vai crescendo uma sensação estranha, quando, sem outro disfarce, mas sentindo em meus pés o quente da terra, penso que nunca mais terei o meu irmão. E que nas noites de trovoadas, quando eu perder o sono e antes de pedir que ele me apareça, sentirei muito medo de que o demônio, com os olhos em brasa, me busque. Como é claro o temor que me assalta nesta hora em que não consigo — embora tudo em mim diga não — deixar de enxergar o meu pai que anda a passos lentos e de sentir as suas mãos que continuam nos meus ombros. Também vejo a aba do seu chapéu que quase toca nos joelhos e enquanto a poeira sobe até a minha garganta e me faz sentir sede, penso: por que ele não chora? E me detenho em suas botinas amarelas: por que não as de cano longo? E só agora observo que ele está vestido com o terno branco, apenas usado para receber algum político importante ou ir às reuniões da bancada. E noto o revólver preso à cintura e o cinturão cheio de balas e que ele não caminha com a pressa habitual. E quase sem perceber, pois estava entretida com tudo, deparo-me com o seu rosto enrugado e embora mais uma vez eu diga não, não posso, torna-se inevitável que os meus olhos se encontrem com os seus.

E ao acontecer, e por sustentar essa situação tantas vezes adiada, já não vejo neles a frieza de antes que me fazia tremer ou cumprir de antemão uma ordem sua. Mas os sinto castanhos como os meus, e miúdos, e somente cravados em mim, que até hoje não consigo — pois foi uma das coisas mais estranhas que me ocorreram — me esquecer do momento em que ele tirou as calejadas mãos das minhas costas e as passou em volta da minha cintura. Enquanto eu me sentia como que levitando ao seu abraço e a sua barba negra se encostava no meu pescoço, e as suas lágrimas, sem que eu percebesse, molhavam as minhas. E ele, de uma maneira diferente, dizia: minha filha! minha querida!, por que fizeram isso com o seu irmão?

E nos apertamos e nos beijamos e nos sentimos como nunca mais viria a acontecer. E a minha alegria por estar ali chorando e sendo carregada pelo meu pai e ao lado de minha mãe que se aproximou de nós, era tão grande, que por uns momentos me esqueci da morte e de que já estávamos dentro do cemitério. E agora ele me coloca no chão e eu volto a sentir o peso de suas mãos. E como estou descalça, pois meus pés ardem de frieiras, piso com cuidado para não me machucar nos ossos, que por aqui são freqüentes, e dos quais todos se desviam nesta hora em que estamos ao redor da cova, onde em breve será jogado o meu irmão e em que começa a cair uma neblina que aos poucos vai engrossando e atinge os meus cabelos, enquanto sombrinhas e guarda-chuvas são abertos. Mas como não os trouxemos, e meu pai recusou e não deixou que minha mãe aceitasse os que nos ofereceram, quando tento — e quero enxugar em meu rosto um pouco destes pingos — sinto outra vez a sua presença, no instante em que descem com o caixão. E padre-nossos e ave-marias, tiradas em voz alta, confundem-se com os gritos que não posso conter e com o segundo desmaio de minha mãe, no momento em que dezenas de mãos, em idênticos movimentos, atiram punhados de terra molhada. Ritual imitado por mim e um primo que está à minha direita, tem um corte feio no braço, e indaga sem parar: o que é isso? o que é isso?

Mas não sei, nem quero lhe dar explicações, pois estou mais preocupada com algumas mulheres que conversando alto já se retiram e com o buraco que vai diminuindo pelo vigor das pás, até se nivelar aos nossos pés e formar um pequeno monte, onde é fincada a cruz com as iniciais da nossa família e espalhadas as coroas de flores, perto das quais eu, meu pai, minha mãe, e um senhor que nos esperava para fechar o portão ficamos até escurecer e não se enxergar mais nada, mas já sabendo eu, quais eram as sepulturas dos meus avós e de vários dos meus tios, tantos mortos em brigas ou dizimados pelas febres.

Também o meu pai me mostrou onde estava o meu primo Marcelo, que morreu de doença de Chagas. E quando ao deixarmos o cemitério — já quase atingindo a ponte — passamos em frente à pensão onde com algum homem devia estar Margarida, eu ouvi minha mãe dizer: tenho muita pena da vida que levam essas infelizes. E mais adiante, de todas as janelas e portais, pessoas voltavam-se para nós. E algumas não falavam: outras apenas apertavam os nossos braços ou beijavam a imagem carregada por mim, ou diziam como a si próprias: "É PESADO O FARDO DA MORTE."

Lembro-me, que ao se aproximar de nós, dona Marcela de Aguillar, outrora dona de fazendas, jóias raras e uma caixinha de música, ficou por alguns segundos em silêncio até beijar os cabelos da santa e entregar à minha mãe uma foto amarelada, na qual, em uma pedreira rodeada de musgos, ela aparecia brincando com o meu irmão. Eu sei, Isaura — ela disse — eu sei o que você está sentindo, porque com Tiago fizeram o mesmo. E pediu licença. E se afastou. E o meu pai disse: vamos! E ao passarmos em frente a uma venda, alguns homens que jogavam a vermelhinha e bebiam cachaça voltaram-se para nós. E na praça, a uns duzentos metros da nossa casa, um ruivo, que sempre procurava o meu pai para falar de política ou sobre o preço do gado e financiamentos no Banco do Brasil, ou coisas parecidas, desceu do cavalo. E antes de cumprimentá-lo, e pedir-lhe desculpas por não haver chegado a tempo, virou-se para mim e disse: eu estou muito sentido pelo companheiro que a menina perdeu. E cuspiu entre os dentes, beijou as minhas mãos e seguiu em frente. E logo adiante, outras pessoas, e até uma mulher que vendia roupas feitas, rodearam-nos: e mais pêsames. Mais abraços. E mais pêsames e mais...

E foi por isso que demoramos para chegar em casa onde ainda era forte o cheiro dos lírios que se misturava ao dos tocos de cigarros dos que estiveram conosco e aos restos de bebidas deixados nos copos recolhidos por Ana que ao nos ver, disse à minha mãe que o café estava pronto e que um velho cheio de perebas andava de um lado a outro no terreiro, à espera do meu pai, que não perguntou de quem se tratava. Assim como não disse uma só palavra até a manhã do terceiro dia, quando, ao assentarmos na mesa onde estava servido o desjejum e ao olhar para o tamborete que dali em diante só seria ocupado por algum visitante ou companheiro de partido, ele mais uma vez não se conteve; aos soluços abraçou-se à minha mãe e disse-lhe: isso não pode ficar assim, porque senão eu me arrebento.

*E*levantou-se sem tomar café e deixou a mesa seguido por ela e por mim, que só voltei a tocar neste assunto anos mais tarde, quando, já entrando em uma fase que seria decisiva em minha vida e após viajar muito e por vários países, nos quais convivi com os mais diferentes tipos de pessoas e emoções, tive sérias dificuldades para explicar a alguns parentes e amigos mais próximos o local exato, onde, com duas balas na testa e algumas facadas, foi encontrado o assassino do meu irmão.

Ainda não havia completado seis anos da morte do meu filho — e estavam latentes em mim estes sofrimentos — quando de um dia para o outro, sem que adiantassem as minhas promessas, a minha filha começou a ficar diferente e a se deixar levar por um tão profundo silêncio que eu afirmo — sem que isso seja exagero, ou possam me chamar de louca ou de mãe que não esteve com a filha nos momentos em que ela mais necessitava — que, na noite anterior ao cheiro das flores, ou nas semanas seguintes ao uivo dos cães que rondaram a nossa casa, eu já sabia com tanta convicção o que iria acontecer, que a todos os instantes, com um terço entre os dedos e uma figa nos seios, eu pedia a Deus que mais uma vez estivesse do meu lado e não me deixasse fraquejar.

E a minha certeza era tão grande, que até hoje, passado tanto tempo, não sei explicar de onde me veio tanta força quando no escurecer de uma sexta-feira, 12 de abril, ao lado de uma amiga que dias antes ao me falar de um primo que morrera na guerra, havia também, com os dedos em riste, me mostrado um bando de andorinhas que partiam, com a mesma serenidade que foi tomando conta de mim ao ouvir de minha filha, minutos antes dela dizer que iria embora, uma revelação que me marcaria pelo resto da vida.

E foi desta maneira que nunca mais tornei a vê-la. Muito embora em uma manhã eu tenha me agarrado a esta possibilidade, quando, só em minha cama, eu senti que alguém suspirava ao meu lado, roçando as minhas pernas. Mas, mais uma vez, tive que constatar — como já havia acontecido — a presença da antiga dona da fazenda, com seus vestidos de cambraia e anéis, a estender-me as mãos, e a sorrir de um jeito estranho. Além das várias mucamas que entravam e saíam com refrescos e frutos do mar que matavam as saudades de Marcela de Aguillar, ex-bailarina famosa, mas por circunstâncias, antes de se tornar para mim uma pessoa especial, mulher de um antigo Coronel da Guarda, comerciante de pedras preciosas, e o mais provável dono de uma bengala enfeitada de diamantes que foi encontrada entre os alicerces, quando Antônio resolveu reformar a casa. E, embora eu protestasse, dada a um deputado em troca de intervenções junto ao governo do Estado que não queria apoiar a sua candidatura, que, realmente, só viria a se concretizar, depois de oferecido o presente e de vários encontros com membros da maçonaria e das irmandades do rosário, mesmo Antônio já sabendo da minha gravidez e das palavras dos médicos, que recomendavam repouso e, principalmente, muita paz.

Mas Antônio estava feliz quando me disse que finalmente havia sido o indicado, sem precisar ir à convenção. E por estar tão alegre, e já confiante na vitória, queria que eu também compartilhasse, e fosse com ele e alguns amigos, jantar na churrascaria. E que eu poderia ficar despreocupada, pois voltaríamos cedo e ele não beberia muito. Mas confesso que não estava disposta: havia enjoado, sentia a boca amarga e uma leve dor de estômago. Tentei ainda, como pude, fazê-lo entender os cuidados que eu precisava tomar. E o medo que sentia de que viesse, por imprudência, a acontecer alguma coisa. Mas ele não me ouviu: mandou que eu calasse a boca; me chamou de incompreensiva e disse — já com a voz alterada e tentando abrir o armário onde ficavam as bebidas — que eu não queria vê-lo realizado, nem o seu partido por cima. Mas que não adiantava, pois até Deus, se viesse à Terra com os seus exércitos e trombetas, não o faria perder aquela que, talvez, fosse a sua última chance de dar uma lição em muita gente por aqui.

E eu quis ainda falar. Tentei, com jeito, dizer que não era nada daquilo, pois ele estava muito enganado comigo que sempre detestei política e os seus jogos. Mas Antônio já havia tomado umas cachaças e estava nervoso, as suas mãos tremiam, e ele disse: basta. E enquanto os meus olhos marejavam e eu continha o choro e pedia forças à minha mãe, já montado em um cavalo, e sem se despedir de mim, ele foi comemorar com os companheiros aquele seu dia de glória, só chegando de madrugada, logo após a saída dos cães, que voltaram a circular a nossa casa. E aos gritos e alheio ao frio e ao mal-estar que eu sentia obrigou-me a sair, de camisola, para rachar lenha, pois ele queria tomar café. E cenas como estas, a princípio dentro de casa, mas mais tarde — à medida que a campanha se acirrava — viriam a ocorrer, com uma freqüência tão absurda que, quatro meses após a sua indicação, e dois dias depois de um chute que levei, em mais uma tentativa de fazê-lo desistir da disputa — enquanto ainda estava a tempo — depois de haver passado o dia limpando frangos e leitoas e dando ordens para que tudo corresse dentro do previsto e nada faltasse ao comício que seria realizado em frente ao curral antigo, com a presença de Cristiano Machado e de todos os deputados e líderes regionais, eu comecei a sentir, a princípio, uma branda contração, para a qual não dei importância, tendo apenas comentado com Lia que me disse: vá descansar um pouco.

Mas como aquela dorzinha passou logo e nada mais aconteceu, continuei, normalmente, a medir as doses de temperos e a ferventar os frangos que já ultrapassavam a duzentos, quando veio a noite. E com ela, todo aquele movimento de alto-falantes e foguetes. E Antônio, que desde a manhã eu não via, mandou um menino me chamar. E, bastante agitado, passou a mão em minha cabeça, esboçou um sorriso, disse que haviam chegado uns compadres seus, e que fosse providenciada a comida. Enquanto ele tomava um banho, e eu — ao servir pela quarta vez a mesma mesa — deixava escapar um grito, após levar as mãos à barriga e pasmar os que estavam na sala ao dizer, procurando o encosto de uma cadeira: me ajudem, por favor, pois eu não posso perder o meu filho!

Mas já um sangue negro escorria pelas minhas pernas e queimava o meu ventre e manchava o chão e tudo rodava à minha volta quando, antes de desmaiar e ser levada para a cama, fui amparada por dois homens, de cujas fisionomias, em vão, eu tentaria me lembrar ao recuperar os sentidos, já o suficiente lúcida para saber que tudo estava perdido e de que nada adiantariam os esforços do médico que acabava de chegar, nem as rezas da parteira que acostumada a tantas situações parecidas, me disse, passando as mãos nos meus cabelos:

é melhor que você não o veja, Isaura, quando, na manhã do outro dia, enrolado em algumas fraldas, dentro de uma caixinha de madeira e sem que ninguém viesse a saber, ela saía com aquele que seria o meu segundo filho, para enterrá-lo junto a uma árvore plantada por um tio anos antes de sua morte, que, embora esperada, pois o câncer roeu o seu rosto, causou uma grande tristeza entre nós, os sobrinhos, pelas histórias que ele nos contava. E em minha mãe, que daquele dia em diante, tornou-se ainda mais silenciosa do que até então havia sido. E até terminar meses depois a última blusa que tecia para cada um dos netos e morrer como sempre quis, contemplando do fundo das águas uma paisagem perdida, passou dias e mais dias sem comer, andando de um lado a outro deste alpendre com os olhos fixos, ora no crochê, ora voltados para os penhascos, repetindo coisas ou murmurando a si própria acontecimentos tão marcantes em nossas vidas.

Como o dia em que Ricardo, chorando muito e agarrado às suas saias, pedia-lhe que não deixasse o cachorro, a mando de Antônio, ser morto pelo vaqueiro de que ele mais gostava. E que, antes de ser ameaçado de perder o emprego, se não cumprisse aquelas ordens, enquanto bebia uma xícara de café e retardava a hora de voltar ao trabalho, havia nos contado sobre a sua última viagem a Diamantina, onde, mesmo estudando interna e com todos os passos vigiados pelas irmãs, passei os melhores dias de minha vida, olhando, das sacadas, com as minhas colegas, os rapazes com os quais trocávamos flores e bilhetes. Muitos, apenas marcados pelo rubro dos batons ou dobrados nos seios e entregues às pressas na saída das missas, ou na volta de algum piquenique a Sentinela, cujo frio de suas águas, e o que elas contavam para mim, jamais eu voltaria a sentir, como, só mais tarde, tive condições de entender que tudo aquilo, apesar de todas as imposições às vezes mais rígidas do que as da minha casa, havia me feito bem, e esclarecido para mim coisas antes obscuras. Como perceber, por exemplo, que a seu modo — ao contrário do que sempre pensei — o meu pai havia me amado, tendo, uma única vez, nas vésperas dos meus quinze anos, feito esta demonstração, quando, em uma noite de lua clara, ele me assentou no seu colo. E conversamos muito, enquanto ele passava as mãos em minhas tranças e eu sentia, com um leve tremor, os seus chamegos e o calor do seu corpo. E na madrugada seguinte, nos melhores cavalos e nos mais bonitos arreios, juntos, mamãe, ele e eu, fomos à cidade fazer compras. E ao me apresentar ao dono da loja, um homem gordo e albino, mas muito simpático, ele disse: peça o que você quiser, pois quero que fique ainda mais bonita e chame todas as atenções no dia de sua festa.

Mas antes de falar nesses três dias, sem dúvida, de muitas alegrias para mim, pois foi quando mais próxima estive das pessoas, serei breve ao narrar uma coisa que me ocorreu aos dez anos, quando eu retornava de um passeio e fui surpreendida por um rapaz moreno que usava um chapéu de couro e que, saído de trás de umas pedras, impediu que eu prosseguisse. E, tapando a minha boca, arrastou-me para a mesma moita na qual tantas outras vezes estive nas intermináveis noites em que eu acordava gritando, ao sentir, novamente, serem abertas as minhas entranhas. Enquanto eu tentava, com desespero, fazer com que aquilo não passasse de um pesadelo, apesar da dor ainda latente e do sangue que eu só voltaria a sentir, em iguais condições, anos mais tarde, quando, já com o consentimento do meu pai, que nem sequer quis saber se aquela resolução faria a minha felicidade, eu viria também, em uma sexta-feira, a me casar com Antônio, que entrou na igreja com um terno branco e sorrindo para mim, que o esperava de olhos baixos, já com a certeza de que, com ele, dificilmente eu alcançaria o que ansiosamente estive a procurar nas horas seguintes àqueles sonhos — quando, sem sobre eles exercer qualquer controle, as minhas mãos desciam pelo meu corpo molhado, que só viria a sentir mais intensamente o prazer, em um final de primavera e começo das chuvas quando descobri que, bem perto de mim, existia uma pessoa muito bonita, com a qual — e esta foi a minha maior aventura, e este o meu mais forte segredo — me encontrei inicialmente no silêncio dos porões, entre ratos que denunciavam a nossa presença, passando daí e livrando-nos deles e do cheiro de mofo, para lugares menos sombrios nos quintais, debaixo de umas árvores, onde ouvíamos as suaves melodias de sua caixinha de música e sentíamos em nossos corpos o vento frio da cachoeira, em cujas águas o sol dourou ainda mais as nossas peles, deixando mais negras as suas tranças e carnudos os seus lábios que sedentos buscaram os meus e umedeceram as minhas pernas nas horas em que, entre gemidos e abraços, eu descobri aqueles que seriam os meus breves momentos de amor, cujas lembranças, Marcela, são talvez o único acalanto em noites como esta, quando, assentada aqui neste alpendre, como fazia a minha mãe em seus momentos tristes, eu só tenho medo de que alguém, se por um acaso aparecer, se assuste com a minha presença.

*E*nquanto eu arranjava a cozinha ou cerzia uma ou outra calça para Antônio ou algum dos vaqueiros e pensava em tantas passagens de minha vida, desde que me casei e vim deixar minha marca nesta casa, o que Isaura mais gostava era ficar ao meu lado, com uma lata de biscoitos no colo e contando para mim — com detalhes e gestos bem seus — as aventuras nas quais se metera durante o ano. E que eram, quase sempre, coisas de adolescentes: como roubar laranjas nos quintais vizinhos ou doces nos armários reservados às irmãs, ou então, como no meu tempo já se fazia, jogar pelas janelas bilhetes pedindo cigarros, ou marcando encontros que nunca aconteciam com os rapazes, que vinham, assim mesmo, nos fazer serenatas e as mais tentadoras promessas.

E ela falava de mais algumas coisas sem maiores novidades e que não mudaram muito desde a minha época. E era pensando nisto e na colega que nas férias ela iria trazer para nos conhecer, e, segundo havia nos revelado em uma carta, tomar banho de cachoeira e andar a cavalo pela primeira vez, que eu me encontrava naquele dia, assando uma fornada de biscoitos e ouvindo sem maiores interesses — pois aquelas conversas repetidas me cansavam — o que Antônio falava a respeito de umas vacas cruzadas que havia comprado para aumentar a produção de queijos, que estava muito baixa.

*E*u estava desse jeito quando de repente as coisas começaram a acontecer, com a chegada daquele homem magro que usava umas roupas rasgadas, além de um chapéu de couro — e o verde apagado em um dos seus olhos. E que, antes de ser convidado, foi se assentando na cadeira de balanço, já nos pedindo café e alguma coisa para comer: porque, no momento, é o de que mais necessito, minha senhora.

E as lembranças desses fatos e de tudo o que se seguiu até hoje ofuscam as minhas idéias e estão de tal forma presentes em mim, que pareço, às vezes, ainda ouvir — quando estou sozinha no meu quarto ou tecendo ao cair da tarde nas imediações dos currais onde a maioria dos acontecimentos se deu ante a impotência de Antônio que desmaiou, sem meios para enfrentar aquela situação — a voz afinada do homem a nos agradecer, com finos modos, essa generosa acolhida só existente por estes lados, nos quais, minha senhora, desde menino e da morte dos meus pais, vivo com este alforje, e a sina que Deus me deu, a percorrer estes caminhos, mas, nem sempre, conhecendo lugares bonitos e pessoas tão amáveis como vocês que em mim não instigaram os cães nem apontaram, com tochas de fogo, a seqüência das estradas.

E ele fez uma pausa. E fizeram-se instantes de silêncio com os seus olhos presos em um vaso de margarida que na semana seguinte viria a secar, e em um canarinho que cantava nos galhos da goiabeira, até recomeçar falando de um beato vestido de branco que quase não comia e que um dia ressurgiria das cinzas para cicatrizar todas as feridas em nossos corações.

E Antônio o ouvia inquieto e olhava para mim e eu para ele e para o estranho, quase sem roupas, ajoelhado e de braços abertos, que acariciava o canarinho já pousado em um dos seus ombros, e que relatava os feitos de um tal marechal de ferro, responsável pelo massacre de milhares de sertanejos famintos, que regaram com o seu sangue a aridez desta terra maldita, que um dia — e podem guardar o que estou falando — se levantará para a terrível vingança. E isto e aquilo. E muito mais ele contava. E eu fui ficando nervosa — e imaginando de onde havia tirado tantas histórias esquisitas. E notei que Antônio também se preocupava, pois as suas faces estavam coradas, como miúdos os seus olhos, e ele sempre sofria ataques em semelhantes situações. Mas, desta vez, foi inesperada a sua reação, quando de um salto, se levantou — e aos gritos — ameaçando buscar o revólver, mandou que o homem parasse com aquela ladainha: pois eu nem sei quem é o senhor, nem de onde chegou com estas mentiras que não têm sentido e muito menos me interessam. E estava tão excitado, que seus gritos atraíram as empregadas e os vaqueiros que castravam uns novilhos e que, um a um, foram chegando. E Marcelo, que era um deles e estudara no primário comigo e havia se casado com uma moça que acabou deixando-o, perguntou, coçando o queixo: o que foi? O que está acontecendo, patrão?

Mas, para evitar conseqüências mais desagradáveis, eu fui logo respondendo: não foi nada, não foi nada, apenas uma pequena desavença, que já está contornada, enquanto lhe dava a entender, com gestos, que podia voltar para as suas obrigações, e pedia que buscassem um copo d'água para Antônio, já mais calmo pela não reação do homem, cujo rosto, marcado por um corte, me fazia lembrar de histórias de pistoleiros disfarçados em loucos ou mendigos com falsas doenças, contratados para matar. Como Osasife, que depois de chegar na carroceria de um caminhão e de passar mais de um mês arrastando-se pelas ruas empoeiradas de Santa Maria do Suaçuí, estudando, enquanto pedia esmolas, os melhores lugares para depois se esconder, deu seis tiros no peito de Nacip Raidan, ex-estudante de medicina que acabou de morrer nos braços de sua mulher — enquanto o assassino correndo rua abaixo, procurava a melhor maneira de se manter vivo.

E foi recordando estes fatos e temendo por Antônio, que também, na política, só havia conseguido inimigos e pessoas juradas em sua morte, que eu comecei a ficar intrigada e a querer saber quem era aquele sujeito e por que ele não largava o alforje, e o que teria de tão importante dentro dele, e quais seriam os seus segredos, que faziam passear a minha imaginação e as minhas fantasias.

*E*nquanto eu acabava de arranjar a cozinha e de cerzir as calças de Antônio ou de algum dos vaqueiros, eu também pensava que, realmente, aquele homem não seria mais que uma imagem que talvez viesse a ser recordada em alguma conversa em noites frias, ou não passasse de um louco a mais dos tantos que apareceram por aqui, se, ainda naquela noite, quando já estávamos deitados, as vacas não houvessem começado a berrar, quebrando, com aqueles "urros", a quietude que nos cercava naquelas vésperas da chegada de minha filha, quando, preocupado com o que acontecia lá fora, Antônio resolveu dar umas voltas ao redor da casa e dos currais sem mais uma vez ouvir os meus apelos para que não se arriscasse, pois isto não é nada, querido. Mas ele não me atendeu, disse que coisa grossa estava se passando e era preciso tomar as providências. E colocou o revólver na cintura, enrolou-se na capa, falou que voltaria logo e que eu ficasse tranqüila: pois já estou acostumado com semelhantes encrencas.

*M*as o que se seguiu e foi visto por ele e também por mim que resolvi vestir uma blusa e chegar até o alpendre, enquanto Antônio rondava os currais, eu jamais poderei esquecer — porque era noite de lua cheia e as damas-da-noite cheiravam muito. Um ou outro pássaro piava e eu estava nos dias de ficar novamente menstruada, pois já sentia inchados os meus seios, doloridas as minha pernas e um calor subia por todo o meu corpo. E eram fortes as saudades de minha filha, ela que, até hoje, com tudo isto distante, não acredita quando eu lhe digo que os berros das vacas, assim tão cortantes, eram provocados por aquele desconhecido que com um punhal amarrado na ponta de uma vara e aos gritos, já havia sangrado duas delas, além de três bezerros e um potro. E com certeza, aquele homem, vindo nunca se soube de onde, mataria outros animais e quem sabe a nós próprios, se não fosse a intervenção de um dos vaqueiros que, em seguida ao desmaio de Antônio, gritou àquele estranho que parasse com aquilo, já com a carabina apontada em sua direção. E, não sendo atendido, quando pela segunda vez disse a ele que tamanha maldade não era coisa de gente, o derrubou com um tiro, puxando mais duas vezes o gatilho, mas já parado, de uma maneira esquisita, e olhando para mim como que surpreso com o que havia feito. E em seguida, deixando cair a arma, que rolou até perto de um cocho, começou a caminhar em direção ao ferido. Agachou-se ao seu lado, tomou-o nos braços e, meio abobado, trouxe-o para dentro de casa; deitou-o em um jirau, desabotoou a sua camisa e embebeu de água uma mecha de algodão, passando-a em seus lábios, quando ele queixou sede. E daí por diante, sem esboçar outra reação, ficou ao meu lado até que veio a manhã, quando aquele homem, com um grande rombo no peito — e uma baba escorrendo boca abaixo — acabou de morrer.

Assentada neste banco onde a empregada me trouxe o jantar e após a sobremesa uma garrafa de café, estou com os olhos no azul da serra e no sol que nele se abriga, nessa estranha hora em que o silêncio é cortado apenas pelo berro de uma rês ou pelo cruzar de uma ave, e em que faço mais um cigarro, sem, no entanto, livrar-me dos latejos que em fincadas sucessivas voltam às minhas pernas e doem como as antigas lembranças de minha infância. Pois quantas vezes, ao escurecer, aqui neste alpendre, eu ficava ao lado dos peões e do meu padrinho, que contava histórias de vovô, enquanto na cozinha, ao redor da fornalha a minha mãe, já muito velha, apenas rezava. Mas entre nós, netos ou peões, assentados à sua volta, a voz rouca e também já cansada do meu padrinho depois de tirar o chapéu e se benzer pelas ave-marias seguia o seu curso. E boquiaberta, eu o ouvia falar do meu avô. E imaginava como aquele rapaz de barbas negras, olhos castanhos e muito magro, teria descido o Suaçuí em pequenas embarcações, perseguido pelos índios, ou os despenhadeiros, com os seus homens e a minha avó — no delírio da febre, até se ver nestas encostas em cujas baixadas, entre serpentes e brejos, levantou o primeiro rancho ao redor do qual, antecedendo-se a mim, minha mãe passaria a sua infância, até chegar à velha que sou e a dor da perda, hoje que não a tenho, alia-se à que sinto agora em que o médico confirmou a gangrena e eu resolvi, depois de muito pensar, não entregar a ele o meu destino, pois acho que está comigo o direito de decidir se quero ou não amputar as pernas ou escolher o outro caminho, cuja travessia é temerosa: como não é fácil prosseguir no dilema que é o pensar neste fim de tarde tantas vezes esperado, mas que hoje o tenho no vazio, ao sentir a ausência dos meus, quantos já mortos, ou tragados pelas veredas que nos trouxeram a este Vale e a sina me assentou neste banco, onde não faço outra coisa a não ser acender um cigarro após o outro — tomar cafezinhos — e ruminar minhas recordações! Quantas ligadas a você, minha filha! Você que de repente se foi, nunca mais deu notícias e me enche de pesar! Mas, mesmo assim, eu peço a Deus. Peço que te proteja, e te faça feliz. Pois eu te perdôo, Isaura. Te perdôo pelo abandono e pelas saudades que sinto ao fechar os olhos e falar baixinho o seu nome. E ao pensar que nem sequer tive coragem, enquanto podia, de dizer que te amava e que podias contar comigo.

Mas por que, meu Deus? Por que sonho tanto, se já é tarde para arrependimentos? Agora que talvez eu morra com essa gangrena que me engasga e a tudo precipita. Mas como poderei levar comigo o peso de tantas culpas, se nem a você, minha filha, pude confessar o meu amor, embora à medida que o tempo fosse passando — e você se transformando em mulher — eu tenha gostado mais e mais de você, e com inveja admirado a sua frieza e fé nos instantes em que tudo parecia estar perdido? Como no dia em que Ricardo — a pessoa de quem você mais gostava — foi encontrado com as roupas ensangüentadas e o corpo todo furado de balas.

Mas como eu poderia dizer que prefiro a morte a cortar as pernas se você ficará sozinha e não terá como se defender? E se de uma hora para outra com os fuzis e roupas coloridas eles voltarem com a mesma conversa de que aqui vai passar uma estrada e desocupar logo são ordens do Governo? Como há vários anos — já nem sei quantos — tentaram tirar o meu avô, e o que parecia ser o chefe e era fanhoso, disse: seu Manuel, o senhor tem cinco dias para encaixotar as suas tralhas e dar o fora porque o homem não é brincadeira, e fez essa revolução para acabar com as velharias. Mas, apenas com quatro vaqueiros e um meu tio, além de uma senhora de negro, da qual já me esqueci o nome, ele resistiu uma tarde inteira de fogo, dando estas e estas ordens, e gritando: em minha terra vocês não entram, seus cachorros filhos da puta! Enquanto, trancadas no quarto, nós rezávamos salve-rainhas e credos, entre a fumaça dos tiroteios e o cheiro de nossos corpos. E como foi difícil para minha mãe calar tia Maria que já louca e sem esperança e com a escada para alcançar o céu praticamente pronta, esperneava e dizia que na sua condição de rainha de Portugal e Reino Unido de Algarves, não passaria por aquela vil e covarde humilhação de ficar presa entre enteadas numa despensa cheia de ratos e mofo, pois a Coroa corria perigo e a sua intervenção, por palavras ou atos, seria decisiva. Como insuportável se tornaria a situação quando de medo eu borrei as calças e de joelhos e mãos postas, com os olhos voltados para o teto, pedi a todos os santos que aquela guerra acabasse logo. Como lhes peço que ajam nesse instante em que está em jogo a minha sorte e em que vivo esse meu pior momento de ter que optar pela vida ou pela morte. Fato, para mim, apenas comparado ao dia em que tia Lúcia, já quase cega, foi aguar a horta e um escorpião picou-a em três lugares, e ela, suportando todas as dores, só nos deixou depois de longas e entrecortadas por ais, conversas com o meu tio, que a partir de então, e até vestir o seu melhor terno, calçar as suas botinas de casamento e ir ao seu encontro em uma manhã, nunca mais foi o mesmo. E passou a molhar as roseiras, a tratar das galinhas e até a fazer curativo nos leprosos — pessoas que ele mais odiava — e que eram abrigados por titia, em um cômodo externo da casa. Mas tudo isso são fatos tão antigos e calam tão fundo em mim, que ao consultar o relógio e ver que já é muito tarde, só então me dou conta de que tenho pouco tempo para resolver se corto ou não as pernas. E, se acaso eu for pelo sim, significará, como tenho pensado, o resto dos meus dias em uma cadeira de rodas, dando trabalho às pessoas nas coisas mais íntimas: como urinar, trocar de roupas, ou algo parecido, como estar aqui com as pernas espichadas, sem poder me levantar e ter que gritar pela empregada toda vez que preciso de alguma coisa nessa noite cujas lembranças vieram, e são tantas, e tão amargas, que entre elas não consigo afastar dos meus pensamentos a egüinha que o meu padrinho me deu no dia da minha crisma e a alegria que senti ao ir buscá-la na companhia de dois vaqueiros e alguns cachorros, como a tristeza quando ela quebrou a perna, perdeu muito sangue e meu pai a trocou por uma torquês, com um homem comprador de animais para o corte. Sendo, na hora em que a embarcaram, escassas as minhas lágrimas, mas profunda a minha solidão, talvez só igualada à que senti quando ao passar a tarde inteira olhando a cachoeira e os peixes que por ela subiam, eu resolvi não ir com eles em busca das cabeceiras, onde celebrariam a festa do renascer.

E ao chegar em casa, muito suada e com olheiras, eu disse à minha mãe que estava com Mário, um dos meus melhores amigos. Meses adiante, ao saltar um muro, ele caiu de barriga em uma acha de baraúna. E eu fui uma das últimas pessoas a chegar ao velório. E pela palidez do seu rosto, rodeado de panos brancos e lírios, e pela maneira como a sua mãe me apertou, só então acreditei no que não queria e vi que ele estava realmente morto. Como se foi muita coisa em mim quando aos dez ou onze anos, já frio e com o sangue seco em sua barriga, encontrei o meu irmão! E de resto, só me lembro do desmaio de minha mãe e da pasta de cera em que ela foi se transformando, ao ver-me aos gritos de acudam, pelo amor de Deus, porque mataram Dermeval! E hoje, mano, sem você, e na ausência do seu sorriso e sem a sua destreza para domar os potros, estou aqui, enquanto as pernas doem e me sinto tão só, que julgo ouvir a conversa do vento com as folhas ou o ressonar de minha filha que partiu, deixando-me com a certeza que de mim nem notícias quer. Mas que hoje, em que tudo está tão claro, se estivesse ao meu lado, repartindo comigo esta dor, eu tentaria lhe mostrar por que não quero vender a fazenda, nem ver dividido o que tanto sacrifício nos custou.

Mas o que resolvo e o que farei, meu Deus, se cortarem as minhas pernas e nunca mais eu puder, do alto da serra, olhar a imensidão do Vale e pensar em como você desceu estes desfiladeiros, meu avô? E se acaso eu escolher o fim e minha filha ficar só, quem garante que nela não tocarão e que ela, depois de minha morte e de pronto o inventário, não venderá a nossa terra a estranhos? Ou mesmo à tal companhia que várias vezes já manifestou o desejo de comprá-la para instalar aqui, com letreiros que ninguém entende, sei lá que fábricas? Mas o que faço, se o dia já está amanhecendo e essa estranha dormença que sobe pelas minhas pernas e vai se entranhando em meu corpo, aos poucos fecha as minhas pálpebras e me impede de continuar ruminando e de ouvir estes longínquos sons que julgo serem confidências de minha filha, que em algum lugar — quem sabe tão só como eu — talvez pense em coisas mais ou menos assim...

Antônio: não é fácil falar de minha infância, principalmente — e você sabe disso — ela está muito marcada pela morte de Ricardo, que foi encontrado, horas depois, por um dos vaqueiros que o trouxe nas costas e o colocou em cima de uma mesa na cozinha, onde pouco antes mamãe fazia doces para algumas amigas. As mesmas que ficariam conosco até a manhã do dia seguinte quando saíam com o caixão, umas mulheres rezavam em voz alta e o meu pai me dizia: veja, filha! Veja o que fizeram com o seu irmão!

Aquilo tudo, Antônio, foi muito dolorido para mim, que dele só guardava boas lembranças e jamais poderia imaginar que Ricardo tivesse inimigos ou pessoas interessadas no seu fim, ou coisas parecidas, muito irreais para uma menina como eu, que do meu irmão só havia recebido carinho e presentes bonitos: como aquele anelzinho de prata e os dois brincos de coco-e-ouro que te mostrei quando você foi pela primeira vez no meu apartamento, semanas antes da nossa ida àquele barzinho onde nos conhecemos e ao qual voltaríamos muitas vezes, algumas de infinita solidão, quando, unidos somente pela grande atração que sentíamos um pelo outro, não éramos mais que dois estranhos, que por um acaso estavam juntos.

E era em noites como aquelas que os nossos corpos unidos somente pelo instinto ou pelo álcool entregavam-se aos gritos e se mordiam até ao mais primitivo dos gozos, quando então, entorpecidos pela bebida e nos evitando mutuamente, cada um buscava o seu espaço na cama, até a manhã do outro dia, quando eu me levantava para ir trabalhar, e você nem ao menos se despedia de mim que, depois de tomar um banho frio e um café requentado, descia correndo as escadas para não perder o horário que lhe era imposto.

E já na calçada, esperando o ônibus, um medo muito grande de te perder ia tomando conta de mim que sem atender como devia aos clientes, ficava o resto do dia esperando um telefonema seu, ou que você passasse no consultório com um buquê de rosas ou algum bombom; ou pelo menos — coisas que só mulher sonha, desse um sinal que me fizesse senti-lo meu, como naquele fim de semana — já não me lembro de que feriado — que passamos acampados em uma cachoeira, e você, calçado com umas botinas de sua região e com um chapéu muito bonito, ia me ensinando os nomes das plantas, para que serviam e em que tempo ficavam floridas, assim como a descobrir pelos dentes a idade de um cavalo, ou pelo canto a que espécie pertencia tal passarinho. Também você me fez saber a proximidade das chuvas pelo alvoroço de alguns animais, ou pelo perfume de jasmineiras que se abriam.

Aqueles sim, Antônio, foram momentos de muita magia!

Mas para que recordá-los, se tudo já passou e isso só fará aumentar a minha tristeza, e se o que eu lhe falava pouco tem a ver com o nosso caso, mas com o assassinato do meu irmão, que nos abalou tanto, e com a minha infância em Santa Marta, onde vivi alguns anos com os meus pais, até ser mandada para um colégio interno e de novo para casa, quando fugi pela segunda vez, por não suportar beijando a minha boca e os meus seios, uma menina que me chamava de querida, só queria estar ao meu lado e um dia deixou debaixo do meu travesseiro com uma marca de batom, um bilhete onde se lia: eu quero você só para mim. Mas ela, depois de muita confusão e comentários no colégio e na cidade, acabou sendo expulsa quando a irmã a encontrou no corredor, ou dentro de um banheiro, cheirando lança-perfume e lambendo as pernas de uma menina como eu, que daí em diante passou a enxergar as coisas de uma maneira diferente.

Mas voltando à minha infância — pois preciso lhe falar dela — às vezes eu passava horas olhando sem direção, ou me entregava a qualquer coisa como a contar as cobras que desciam nos trilhos, ou a imaginar por que só algumas tinham poder para atrair passarinhos ou sapos e até mesmo crianças, como aconteceu com o filho de uma amiga de mamãe, que, impressionada com a história, proibiu que tomássemos banho no Suaçuí e que eu subisse sozinha a serra onde ia apanhar sempre-vivas. Mas, nos meus sonhos, aquelas cobras eram imensas e rajadas e não adiantavam os meus gritos nem as orações ante o brilho ameaçador de seus olhos, e a indiferença dos que me rodeavam de braços cruzados, e alheios ao meu pavor. Como aconteceu logo que cheguei aqui e andava pelas ruas e um camelô ofereceu-me e eu comprei, a tal caixinha da surpresa. E quando cheguei em casa, após tomar um banho e fazer o meu lanche, fui abri-la diante de minhas colegas, um arrepio subiu por todo o meu corpo: pois vi uma delas, fria e de plástico, a zombar de mim com dois olhinhos de vidro, tão negros, como os que me seguiam todas as vezes que, na ausência de minha mãe, eu fazia alguma coisa que julgava não estar certo.

Mesmo assim, Antônio, embora eu soubesse que a cobra era de plástico e os seus olhos uma réplica malfeita dos verdadeiros e que não havia perigo algum, não tive como evitar que eles me fizessem relembrar coisas passadas que me incomodaram tanto. Como julgo ser muito difícil — ainda que faça tudo para que isso aconteça e eu possa atingir um certo equilíbrio — adormecer em mim esses pesadelos que às vezes me transformam na mulher fria e calada da qual você tanto reclama.

E se somente agora lhe conto isto, é porque já não posso e não suporto o peso desse silêncio que em meu coração, sem que eu perceba, vai revivendo em mim a mulher que foi a minha avó, que nos últimos anos de sua vida, já quase cega e respondendo apenas com um sim ou a secura de um não às perguntas que lhe fazíamos, em nenhum momento demonstrou medo. Mas, no tremor dos seus lábios percebia-se o desprezo quando em uma manhã de maio, enrolada em uma manta vermelha, a morte chegou montada em um cavalo ruão e bateu com a pontinha de sua bengala nas portas de nossa casa, à procura de dona Isaura, que, já certa do que iria acontecer, apenas sorriu e disse alguma coisa a alguém que a acompanhava.

*E*naquele mesmo dia, assentada em uma cadeira de palhinha, após olhar longamente para as águas e para os redemoinhos que nelas se formavam, vovó foi para sempre à procura dos seus mistérios. Me lembro que, instantes depois, as margaridas se abriram e os pássaros cantaram, sobrevoando em vôos rasteiros a nossa casa, enquanto uma neve densa começava a cobrir a serra e uma ferida a corroer as fantasias daquele meu mundo que nunca mais seria o mesmo e do qual saí tempos depois, quando só restava para mim esta mania de fazer tranças — e este broche que jamais saiu do meu peito sendo, talvez, a única testemunha do que agora, que já sou uma mulher marcada e com poucas ilusões, começo a lhe contar.

*P*ois sei, Antônio, que já não posso me manter neste mutismo, defendendo-me em segredos que me impedem de viver e que a cada hora conquistam territórios mais sombrios nos quais a luz recusa a penetrar, e de cujos labirintos talvez eu jamais consiga retornar, se não tiver coragem para dizer um não, e em meu rosto receber, sem limites, todo este vento que desce das serras e penetra nesta casa, até perder-se no vaivém desta cidade, na qual, tantas vezes, caminhando só ou ao seu lado, eu não conseguia — nem mesmo nos momentos de maior hesitação, quando dentro do meu corpo eu sentia os movimentos do seu, e em minha boca o gosto adocicado ou cheirando a álcool da sua — saber de que estranhos lugares também havia saído.

Eu, que de todas as maneiras procurava encontrá-lo, buscando em cada um dos seus poros ou na menor de suas veias, ou nas alucinações do seu gozo, veredas que me fizessem íntima de você, o homem que eu amava, mas de cujo mundo não me sentia participante embora a cada dia aumentasse o meu querer e a atração que me enrijeciam os seios ou molhava o meu ventre ao sentir o mais leve toque de suas mãos, ou ao ouvir a mais sutil de suas frases, nas quais, às vezes, eu julgava descobrir arestas que me levassem a perceber quem era aquele rapaz de olhos acastanhados, que talvez já estivesse para sempre condenado ao exílio do seu próprio egoísmo ou à mesma e infinita solidão que ainda adolescente eu sentia ao chegar de férias, quando, com desculpas de buscar orquídeas para o seu jardim, eu conseguia convencer a minha mãe de que não precisava de companhia, pois não havia perigo em subir sozinha a serra. Nela, há incontáveis anos, em um tronco de aroeira, diziam viver uma serpente voadora que, por acumular o ódio de ser a única de uma raça já em extinção, espalhava pelos arredores o seu veneno e a sua vingança por viver tão só neste cume, onde agora, sem saber ao certo para que, eu me encontro.

E ouço o canto de um passarinho e o estalar de folhas ao vento. Tenho como companhia as borboletas verdes e as sempre-vivas que em noites de geadas costumam consolar estas pedras, em uma das quais agora estou assentada. E, com os olhos em outros horizontes, penso em minha mãe e em minha avó, que também aqui, com certeza, já estiveram. Cada uma dentro de seu mundo: vovó, não por prazer, remoendo o massacre de sua família. Nem mamãe, por gosto, pensando em sua sorte, ou quem sabe, em dias passados e mais amenos de sua infância, ao lado de uma boneca de pano, ou em um dos muitos passeios, que em noites de lua, as mães sertanejas costumavam fazer com os seus filhos à casa de algum parente, ou daquele vizinho contador de histórias que está sendo lembrado nesta noite sem o brilho manso da lua, nem o acalanto rude de suas mãos que já partiram.

E por que me privar destes sonhos, se sou ao mesmo tempo as duas, embora em meu coração, em diferentes mas cadenciados compassos, pulse a vida de uma terceira mulher que também se chama Isaura e que como elas nasceu em Santa Marta, onde me foram feitas as primeiras tranças e carícias, mas que não desejava ver domada a fêmea que anda por estas madrugadas e bebe do vinho e das cervejas destes copos e pensa em você, Antônio. Também naquela noite em que assentada na mesa de um bar na companhia de uns colegas com os quais havia feito uma viagem, fui apresentada a você por um rapaz chamado André, que afastou gentilmente uma cadeira para que eu ficasse ao seu lado. E me lembro que após pedir uma cerveja e perguntar o meu nome você quis saber das minhas impressões do Nordeste e se eu havia conhecido o sertão, de onde, segundo você, havia descido um tal de Casa Grande, que trazia tatuados no peito, em letras coloridas, os nomes das cinco mulheres que havia matado na zona boêmia de Burarama, quando por lá morava e não era mais que um pacato ferreiro, a quem as pessoas tratavam por "Baiano". Mas que assombrou o Norte ao mostrar a sua verdadeira face, tornando-se um foragido da polícia e um bem pago pistoleiro, ao qual, por deputados ou senhores de terras, eram encomendadas perigosas empreitadas.

E ouvindo-o falar assim de assuntos para mim tão estranhos mas que me fascinavam, comecei a prestar mais atenção e a me interessar por aquele rapaz que ainda carregava em sua voz um forte sotaque de sua região, apesar de já morar há anos nesta cidade onde agora, na quietude deste apartamento, eu me encontro, e, já bastante cansada, acendo mais um cigarro e tomo um pouco de vodka.

E enquanto sirvo outra dose e me recosto nestas almofadas estou novamente com os olhos fixos na imensidão do Vale, onde, dizimados pela velhice ou à bala, muitos dos meus se perderam. Miro também o azulado de outras serras, nas quais, talvez em algum tempo, depois de rápidas emboscadas, homens tenham buscado no escuro das lapas o encontro consigo mesmos. Como eu que me vejo aqui com este copo nas mãos pensando outra vez em você, Antônio, e a noite em que ficamos até tarde bebendo, precisando o garçom, quando o dia já amanhecia, de interromper a nossa conversa para dizer que estava na hora de fechar. Quando então, abraçados, descemos a avenida falando da minha dificuldade em assumir esta cidade nos primeiros anos, quando outra coisa eu não fazia a não ser tomar dúzias de sorvetes; ou passar horas na companhia de uma colega, com a qual nunca mais me encontrei. Época em que eu pesava mais de setenta quilos, fazia análise e sabia declamar trechos inteiros de Neruda e Mário Quintana. E a cada novo poema decorado, era mais dinheiro que do meu tio eu recebia para satisfazer a sua vaidade de mostrar-me aos seus amigos em saraus especialmente organizados nas tardes de sábado, e para saciar esta mesma sede que nesta madrugada — em que me pego caminhando com você, vai tomando conta de mim, como aconteceu lá no Nordeste, quando, tarde da noite, depois de uma bebedeira na casa de um prefeito — animada por dois sanfoneiros e por um velho que tocava zabumba — eu saltei da cama aos gritos: por favor! Eu preciso de água! Eu preciso de água! Não me deixem morrer com a garganta tão seca.

E me lembro que Robson acordou assustado e acendeu a luz e perguntou: o que foi? O que foi? E em seguida, com a ajuda de uma das meninas, foi até à cozinha onde encheu um copo que bebi de um só gole. E depois outro, e mais dois deles eu tomei, fora os picolés que buscaram e que chupei durante toda aquela noite em que muitas coisas se tornavam mais claras para mim, e muito sangue saiu do meu corpo, transformando-se em pequenos duendes que agonizavam ante os olhares aterrorizados dos meus colegas, que, talvez, temendo a minha morte ou sei lá o quê que os pusesse em apuros, não podiam perceber que ali vazavam antigas lembranças de Santa Marta e da farmácia do meu pai, onde ficou, entre xaropes e gemidos dos que morriam, muito do meu equilíbrio em um tempo de ruas mal iluminadas e outras miragens em que ainda, nem as minhas fantasias, nem os meus pesadelos, eram habitados por você.

Outra vez estou assentada junto a esta radiola e sirvo mais um pouco de vinho e ouço pela décima vez a mesma música e me ajeito nas almofadas e belisco mais um pedaço de queijo, e enquanto espero que você aperte a campainha, ou pelo telefone me convide para ir ao cinema ou para tomar uma cerveja, não posso deixar de pensar no seu corpo dentro do meu.

Também eu penso naquelas formigas que em uma noite entraram no meu quarto por aberturas no teto e sem que eu nada pudesse fazer, pois todos haviam saído e seriam em vão os meus gritos, ante os meus olhares aterrorizados e as minhas pernas que não se moviam, elas gastaram não sei quantas horas, mas julgo até ao amanhecer, para matar o meu porquinho-da-índia, cujas manchas de sangue por todos os cantos do quarto e no outro dia as únicas testemunhas daquela morte, eu tentaria inutilmente limpar.

E os seus guinchos de dor e os seus pêlos aveludados, que com tanta ternura eu acariciava, e as cenouras e folhas de alface que eu buscava para ele ou roubava nos armazéns quando em nossa casa tornavam-se escassas, jamais poderei esquecer. Pois aquele bichinho, que tanta inveja causou às minhas amigas, acostumadas somente a ver preás cinzentos ou lagartos que se arrastavam pelos quintais com ratos nas bocas e movidos por estranhos poderes de se tornarem invisíveis, foi me dado de presente por vovó Isaura, que em uma das raríssimas vezes que saiu do quarto, onde estava há tanto tempo, chegou para mim e disse: ele está guardado há muitos e muitos anos para você!

Até então, eu não sabia que ela gostava tanto de mim!

Mas se você visse, Antônio, e se assentasse aqui ao meu lado e repartisse comigo este vinho e esta música e tornasse mais amena a minha solidão, eu juro que lhe contaria tudo isto e muito mais: pois você saberia também daquele desconhecido de barbas brancas e um dos olhos vazados, que em uma tarde de pouco sol, chegou das bandas do Rio Vermelho, montado em um cavalo manco.

E daquele homem, que vendo morta a sua mãe e todas as esperanças desfeitas, não seguiu o corpo serra adentro por uma estrada empoeirada, mas ficou mais algumas horas em sua casa, dentro do quarto e com um gravador na mão, porque ela, muitas vezes antes de morrer, havia lhe falado: Celso, no meu enterro, eu quero ouvir aquela música.

T ambém eu lhe falaria do homem e sua mulher que por não quererem matar os lobos que chegavam com a noite e invadiam os chiqueiros e semeavam a destruição e a morte entre o rebanho, tiveram a engenhosa idéia de capturá-los em armadilhas, para em seguida atarem em seus pescoços estridentes cincerros, livrando-os assim da morte, mas também salvando as suas cabras, que daí em diante, passariam a perceber com mais nitidez a presença do inimigo.

M as eu sei que você não vem, porque é excessivamente egoísta para ouvir as minhas histórias, e tentar compreender esta mulher de cabelos negros, que bem nova resolveu deixar a casa de seus pais por pensar que assim conseguiria um ponto de lucidez, que não significasse a ruptura total. Mesmo sabendo que a morte daquele porquinho e as manchas do seu sangue, que no outro dia em vão eu tentaria limpar, e tantas outras coisas que eu gostaria de repartir com você, ficariam para sempre impregnadas em mim.

Por que não lhe dizer também que quando nos separamos pela primeira vez eu não conseguia dormir e quase sempre me pegava com um livro aberto, mas imaginando situações tais como onde, e com quem você estaria. Eu, que até então, em quase dois anos, não havia sentido com tanta intensidade a sua ausência que durante todo aquele período se mesclou a outros sentimentos, quantos há tanto adormecidos ou somente revividos em intermináveis pesadelos. Como a horrível sensação que eu sentia, quando, mais uma vez, aquele homem de roupas negras me levava até à sua casa, e lá, depois de me oferecer figurinhas e encher os meus bolsos de bombons e brevidades, me assentava entre as suas pernas, começando, então, aquela coisa nojenta que era sentir a sua língua dentro da minha boca e as suas mãos roçando os meus seios, além de uma saliva fria escorrendo pelo meu queixo e me apavorando tanto que eu não me permitia outra reação a não ser abaixar a cabeça e o acompanhar em silêncio, quando, passados alguns dias, ele voltava novamente à nossa casa, onde o meu pai, a minha mãe e às vezes a minha avó, o aguardavam com a mesa farta e o café bem quente, ansiosos por mais algumas horas de prosa.

*T*alvez você nunca venha a saber de todas as minhas histórias, pois para mim é muito difícil falar. Mas de uma outra vez, quando chorando em silêncio e por imposição de minha mãe, eu o segui até a sua casa, assentado em um sofá macio, comigo no seu colo, aquele homem de roupas negras e mãos enormes, me levou em seguida até ao escritório, de onde se avistava o cemitério e início da serra. E daí em diante, por mais que eu tente e me desespere e vasculhe camadas obscuras do meu inconsciente, só consigo me lembrar de coisas como uma cama coberta por uns lençóis brancos e umas mãos imensas abafando os meus gritos. Também um copo em cima do criado, umas armas antigas na parede e fachos incendiando o meu corpo.

E muitos dias se passaram, e muitas coisas aconteceram, e outras, que até então eu não havia percebido, as observei, andando como uma sonâmbula pelo terreiro, ou assentada nas réguas dos currais vendo o trabalho dos vaqueiros e os movimentos dos touros. Até que novamente aquele homem apareceu, mas desta vez ele não estava vestido com a sua túnica negra, mas com uma bata de um tecido que não sei definir qual era, muito fino e quase transparente. Não trazia os seus livros, nem as balas e caramelos que antes eu tanto gostava. Mas o seu semblante era grave, acentuadas as suas rugas, e o sorriso havia desaparecido do seu rosto. E com um simples movimento de cabeça pareceu recusar o convite para entrar feito pelos meus pais, não aceitando também o cafezinho com bolo que lhe foi oferecido ali mesmo na varanda, perto da gaiola onde cantava um pintassilgo. Mas, durante todo o tempo em que esteve conversando com eles, eu só posso lhe dizer que, mesmo sendo muito pequena — sem condições de saber com exatidão o que se passava, nem que confidências faziam — no entanto eu intuía com bastante clareza o porquê de tudo aquilo. Pois, escondida atrás da porta, sem deixar que me notassem, pude ver muito bem quando ele colocou as mãos nos ombros de minha mãe que o ouvia em silêncio e lhe disse, voltando-se também para o meu pai: sim, talvez ela esteja mesmo precisando de um tratamento.

*A*ntônio: enquanto você esteve ausente e fiz estas divagações através das quais tento desvendar alguma parcela do que sou e perceber por que é que às vezes tenho reações que tanto lhe desagradam e fazem com que você cada vez mais se distancie de mim, tecendo viagens tão longas, ou se aliando ao silêncio, vou restaurando aqui dentro pequenos fios e unindo-os a outros e a mais alguns que vão surgindo e que talvez um dia se transformem em barbantes ou quem sabe em cordas. E, por que não, em uns daqueles fios de arame que meu pai comprava para cercar os seus domínios e ser cada vez mais senhor de seus campos, como o grande pássaro que neles voava, saciando em vôos noturnos a sua sede nas pequenas vertentes que ainda teimavam em desaguar de nossos corações.

Eu já nem sei, Antônio, se você se lembra da sua vontade de também conhecer o Nordeste, e da viagem que por lá fizemos, além daquela senhora que ficamos conhecendo dentro de um ônibus e que não deixou que fôssemos para o hotel, nos levando para a sua casa perto de um farol, num lugar chamado Porto de Pedras, onde durante quatro dias ficamos ouvindo do seu marido — que era cearense e passava o tempo com uma bíblia debaixo do braço, cantando salmos — histórias de Virgulino Ferreira e de seus homens, conhecidos por ele em uma noite chuvosa no Vale do Cariri, quando, seguido pela volante, o capitão chegou na casa em que eles moravam e pediu comida e pouso para o bando, e por lá ficou, apenas se dirigindo a eles para perguntar coisas referentes aos soldados, até a manhã do outro dia, quando, já com todas as precauções tomadas, embrenhou-se novamente na caatinga.

E ele não só nos contou isto, mas também outras coisas de sua vida, até se converter e se tornar o homem pacato que era, voltado para a mulher e o filho, aquele rapaz que nos mostrou a cidade — e que até desistir de vencer por conta própria e não lhe restar outra alternativa a não ser voltar para casa e ao açougue do seu pai — tentou primeiro a vida em São Paulo, onde viveu inicialmente como trocador, até se arranjar como sanfoneiro em um bailão e conhecer a mulher de um tenente, que, através de uma carta anônima, acabou descobrindo o romance, só não o matando, porque a própria mulher o avisou a tempo; ele nunca mais foi àquele bairro e decidiu, após escrever uma carta para o seu pai, contando o que havia acontecido, voltar na semana seguinte para a sua terra.

*E*sta história e várias outras de pessoas como ele, que há centenas de anos viviam ali ao redor do mar, nos foi contada pelo próprio Luizinho, em uma noite em que eu não me sentia bem: havia chupado muita manga, a minha cabeça doía, e por isso não estava bebendo com eles, nem prestando atenção naquelas conversas das quais já não me lembro com detalhes, mas que duraram algumas horas, até que, tomados pelo cansaço, ou por serem estranhos um ao outro e em seus mundos nada existir em comum a não ser aquela inicial curiosidade, de repente eles estavam calados, com os olhos no chão. E foi então, se não me engano, que uma brisa que entrava pelas janelas com um cheiro de mangue, se tornou mais intensa e apressou a nossa volta para casa e para aquele quartinho cheio de pernilongos, onde a senhora nos colocou, por achar que lá ficaríamos mais à vontade. E dentro do qual, o resto da noite, quem sabe levado pelo efeito do álcool, pela angústia que se segue após o vômito, ou mesmo porque já não lhe era possível carregar tanto silêncio, você começou a falar para mim que até aquele dia, em quase um ano de convivência, muito pouco sabia do seu mundo.

Naquela noite, em que pela primeira vez eu te sentia inteiramente meu, você falou também sobre a sua saída de casa em uma manhã de fevereiro, quando, já dentro do caminhão do seu tio que transportava queijos e galinhas — e era o único na época das águas que conseguia passar por aquelas estradas — ao olhar mais uma vez para a casa onde havia nascido e da qual se despedia, você teve a amarga certeza de que a deixava para sempre. E de que ali naquele instante em que por vergonha não estava chorando, mas olhando para a sua mãe abraçada ao seu pai e para as irmãs acenando das janelas, alguma coisa definitiva acabava de acontecer na sua vida. E enquanto eu roço levemente os dedos em seus lábios, olho bem próximo ao castanho-esverdeado dos seus olhos e beijo-os, um temor vai se apoderando de mim, e penso no quanto eu te amo. E em como é importante, neste momento, estar com você para saber do seu mundo, da sua infância e, quem sabe, te ajudar a entender, entre tantas outras coisas, o que teria passado na sua cabeça no dia em que você, com dois anos, chamou a sua mãe que amamentava uma de suas irmãs, entregou a ela uma das coisas preferidas que era o bico, e lhe disse: eu não o quero mais.

Também, Isaura, para mim, é muito difícil saber por que foi que falei para aquele homem, enquanto a água molhava os nossos pés e os passageiros se preparavam para a baldeação, que o seu filho havia morrido, se ele era uma pessoa querida que fazia mágicas para nós — além de ser o único com coragem de ir à Serra Negra e de lá trazer as peles das gatas. Também, nos dias de festa, nos encantava com a sua cobra Catarina, as roupas de palhaço e os seus saltos mortais.

E se abraçou a mim, me pediu que o ajudasse: eu o estreitei em meus braços, senti como era quente o seu corpo, e pensei nas tantas coisas adormecidas no coração daquele menino que eu buscava, para amá-lo cada vez mais, fazê-lo meu e ser a sua mulher em uma relação mais inteira de paixão e amor, que nos separasse a léguas da que existiu para a minha avó e para a minha mãe.

*E*ra por pensar em tudo isto e nas gerações de mulheres de minha família ainda hoje sem muitas mudanças e por não querer ser herdeira das mesmas cicatrizes, que ali naquela praia desconhecida, enquanto o vento soprava nas mangueiras, e nas ruas passeava o silêncio, eu acariciava os cabelos daquele homem que dormia ao meu lado. E com as pernas abertas, as tranças desfeitas, e pronta para entregar-me a ele, ingenuamente eu acreditava que havia começado a se romper o abismo que existia entre nós.

É infinita a solidão que sinto agora que acabei de fazer estas anotações que ainda não sei se irei mandar para você e me recosto na janela deste trem alheia aos que viajam ao meu lado, e sentindo o cheiro de funcho que vem dos trilhos e invade o meu nariz, me detenho na agonia do sol, e em alguns pássaros que cortam a vastidão desta planície, cantada em chacareras e milongas, quantas ouvidas por nós naquele seu barracão em muitas noites depois do amor, quando, sem saber que ali vivíamos os nossos melhores dias, eu acendia um cigarro e me recostava em seu peito, ouvindo somente as batidas do seu coração e aquelas canções que me transportavam a grandes distâncias, para horas mais tarde — e muitas vezes até ao amanhecer — eu sentir de novo o peso do seu corpo em movimentos idênticos aos de agora, que já não o tenho, e este trem, com a calma das grandes serpentes, vai se aproximando de terras cada vez mais frias, enquanto pessoas se distraem andando pelos vagões, ou travando conhecimentos, como eu, que fiz amizade com Eduardo (o rapaz que viaja ao meu lado), me emprestou o seu poncho e, com pretexto de saber se eu queria um pedaço de salame ou um pouco de mate, me integra de novo ao ambiente e volta a me falar — como no início da viagem — de sua infância em Tucumã, e das brincadeiras que inventava com os seus irmãos, muito antes de partir em busca de outras realidades, às vezes tão amargas, como viver os horrores de uma guerra. E eu o ouço, menino ainda, mas já marcado pelo desencanto e pela morte.

O pior era quando vinha a noite e nas trincheiras começava a minar aquela água gelada que ia entrando pelos nossos coturnos e subindo pelas nossas pernas até deixá-las paralisadas, sem que nada pudéssemos fazer, pois procurar uma melhor posição, ou o abrigo de uma pedra, poderia ser fatal, uma vez que eles, em melhores condições, estavam atentos com as suas granadas e metralhadoras que, guiadas pelo raio laser, encontravam com facilidade as nossas camperas que se encharcavam com o sangue de nossos corpos, muitos, nem sei quantos, enterrados ali mesmo em pontos desconhecidos da ilha, ou outros como eu, que ainda hoje, em qualquer lugar deste país, rolam de um lado a outro na cama, em intermináveis pesadelos, quando sinto, com o mesmo pavor, aproximar-se de mim aquele homem pintado e o seu punhal atravessando a minha garganta. Também, nestes momentos — quando às vezes mamãe acorda e me traz um mate — não posso deixar de ouvir ecoando de pedra em pedra, os gritos de Rolando, já sem a metade do rosto, a estender-me as mãos despedaçadas e a dizer coisas sem muito sentido, como uma medalhinha perdida, ou tomar sorvetes em Baya Blanca.

*E*nquanto este velho trem vai rumando sempre e sempre para o norte até às montanhas geladas de Jujuy; agora que Eduardo se foi e talvez nunca mais eu o veja, não consigo deixar de imaginar o que teria passado em sua cabeça naqueles dois meses de guerra, tempos em que, já sem nenhuma esperança, vendo ao seu lado companheiros agonizantes, outros se contorcendo, chorando, ou dizendo os nomes de pessoas queridas, outra coisa não lhe restava a não ser perder de vez a razão: abandonar a posição determinada e de braços abertos, aos gritos e às pragas, ir ao encontro da morte, ou dela fazer-se parceiro: esquecer que havia sido feliz e assim, livre deste pesadelo, de mãos dadas com o fuzil, assumir que só lhe restava matar.

*E*nquanto penso em tudo isso — mas sem saber ainda se irei lhe mandar estas anotações — embalada que estou pelo vinho e por este trem, também me vêm à lembrança cenas de uma outra guerra acontecida na minha infância, lá pelas bandas de Santa Marta. Só que esta sem morteiros, metralhadoras ou notícias nos jornais. Muito menos ela envolveu empresas poderosas, negociações diplomáticas, ou longas viagens de avião. Mas só — e simplesmente — um homem e uma mulher, que durante mais de dez anos, morando na mesma casa e dividindo a mesma cama, não se falavam nem o necessário, pois apenas com o olhar se entendiam e se odiavam. Até que um dia, ficando grávida a mulher e não suportando a idéia de ser pai, nem a discreta felicidade da fêmea que se entregava também a fazer o enxovalzinho do bebê, o homem primeiro ateou fogo na casa, para em seguida instigar sobre ela os cães, com as suas coleiras e dentes de aço. E quando viu que a haviam feito aos pedaços, e que da sua mulher e do que poderia ser o seu filho, nada restava a não ser uma pasta esponjosa e suja de terra, misturada ao esterco dos currais e às penas que infestavam o chão, ele, já sem as roupas e seguido pelos cães, saiu correndo pelas estradas, até perder-se no escuro.

Nestas horas que antecedem a minha resolução, sem saber o que poderá me acontecer até amanhã, quando os raios de sol iluminarem este quarto, e sem condições de prever o rumo das coisas, pois não consigo coordenar os pensamentos, pelo menos uma afirmação posso fazer: se eu alcançar o amanhecer — possibilidade que me parece remota — a partir de então, já não serei a mesma mulher que perdeu noites até se decidir pela volta e a se trancar neste quarto, a única testemunha, na minha infância, dos meus sonhos e segredos, nas vezes em que eu acordava atormentada pela presença do homem que se punha à frente da porta com os braços abertos e me impedia de sair, ou de pedir ao meu pai ou à minha mãe que viessem me buscar, uma vez que aos meus ouvidos voltavam os relinchos e o bater das ferraduras nas pedras, quando, sem atender aos pedidos de minha mãe, que intercedeu por ele, o meu pai desferiu com uma foice vários golpes na barriga daquele homem, cujas vísceras, enterradas no fundo do quintal, eu as enxergo refletidas nas paredes com o mesmo temor que me assaltou naquela tarde, em que o meu pai se tornou assassino.

$\mathcal{M}$as estou de novo no meu antigo quarto. E, apesar da confusão que me domina, posso dizer que me sinto consciente ao afirmar que, para conseguir a minha redenção, ou ir de vez ao encontro do fim, me bastará girar esta chave, e de dentro da gaveta — há quantos anos fechada — tirar o mesmo revólver de cabo de madrepérola que certa vez encheu de pavor os nossos olhos, quando um dos meus tios, na presença de todos, e ignorando os pedidos de minha avó, que disse: isso é coisa do demônio — resolveu brincar de roleta-russa.

$\mathcal{E}$nquanto tudo isso me invade, e abrevio o mais que posso a minha decisão, sinto outra vez o frio que me subiu pelas costas naquele dia em que, por acaso, estive entre os vaqueiros que discutiam se matariam ou não a vaca que já sem forças para se livrar do bezerro, encheu o que sobrava da tarde com a rouquidão de um berro, quando o primeiro de mais cinco tiros varou a sua testa, só me restando olhar aquela cena, sentir vontade de vomitar e, de olhos baixos, na mesma noite, responder à minha mãe que eu não estava com febre, mas apenas com um pouco de frio e uma coisa esquisita, igual a esta que me envolve desde o mês passado, quando, depois de ficar mais de duas semanas na praia, indo todas as manhãs ver a chegada das redes, e, à noite, não conseguindo dormir, resolvi deixar tudo e voltar a esta casa e a este quarto, onde vivi os anos mais importantes de minha vida, e de onde só sairei, ou não, depois de uma resolução que será definitiva.

Como em um longínquo dia de minha infância, quando ao me ver com um gato nas mãos, demorei — pois gostava de ouvir o seu miado — a optar por arrancar a sua cabeça ou jogar querosene e atear fogo, decidindo, enfim, pela segunda hipótese, pelo fascínio que em mim sempre exerceram as chamas, assim como fui tomada pelo medo duas noites antes da invasão da nossa casa, quando quatro homens, cada um com uma arma diferente, mas todos de capuz, levaram, sem que nada pudéssemos fazer — pois reação poderia significar a morte — tudo o que nos sobrava da lembrança de Ricardo, que me apareceu duas semanas após o seu enterro, quando, em uma madrugada, eu acordei com um estranho barulho, depois de sentir um passar de dedos em minhas faces. E ao olhar para a cama ao lado, onde, chegado de férias, meu irmão costumava ficar, não consegui entender o que ele dizia às três mulheres que o ungiam, nem ao vigário, que depois veio consolar a minha mãe que nunca mais sorriu, deixando também de nos contar histórias e de fazer broinhas de fubá, misturadas com hortelã e cravos-da-índia, que comíamos ao redor da fornalha, nas frias noites de julho, enquanto ela, mais uma vez, nos falava dos antigos cavaleiros que vieram com o meu avô — se antecedendo à estrada de ferro. Traziam as bruacas cheias de ouro e todas as armas que podiam, além das cobras, dezenas delas, treinadas para rápidas emboscadas em qualquer lugar destas serras.

E foi assim que desde a morte de Ricardo ela deixou de nos contar estes casos e se fazendo uma mulher ainda mais calada, começou a ter visões, e a resmungar pelos cantos, só se permitindo um rasgo de alegria, quando acontecia de dizer: hoje ele estava com aquele terninho branco da primeira comunhão. Ou então: eu o enxerguei brincando de pular corda debaixo da pitangueira. E, também, nas vésperas da missa que todo ano mandava celebrar em sua intenção, quando, cantando as quadrilhas aprendidas com a minha avó e que até pouco tempo eu sabia, ela abria este quarto, para que o ar secasse o mofo e o sol afugentasse as traças que roíam os livros e as cartas recebidas pelo meu irmão, cuja fotografia mandada para nós do internato, abraçado a uns colegas, eu contemplo à luz desta vela que acendi por não suportar a quietude destes instantes em que estou sozinha entre as úmidas paredes do meu quarto, ao qual voltei para sentir energias passadas que se misturam ao cheiro do mijo que ainda sufoca o meu nariz, e a trajetória dos ratos, que em outras ocasiões me apavoravam.

*P*ois é intenso em mim esse sofrimento. Eu que não consegui, durante todo este tempo em que viajei de país a país, trabalhando sem escolher serviço — às vezes como aconteceu em Potosí, como cozinheira de uma mina a dois mil metros de profundidade, mascando coca e cheirando pó com aqueles índios de rostos impenetráveis — sepultar os fantasmas que me trouxeram de volta a esta casa. Nem mesmo quando conheci Douglas e com ele descobri uma realidade mágica ao atravessarmos o Pantanal com destino a Santa Cruz de la Sierra, sentindo carícias que se prolongavam em nossos corpos, enquanto os prazeres se multiplicavam e ele dizia: eu quero você ao meu lado. Eu que, nem deste modo, pude expulsar o seu fantasma, Antônio, que me impediu de responder àquele homem: sim, eu também te amo, quando, em uma noite, ele me perguntou, apertando-me em seus braços e com os olhos marejados: o que te impede de seguir comigo?

*M*as, nas semanas seguintes à nossa separação, estive à beira da loucura, vagando como uma desesperada pelas ruas de Santa Cruz; até que, ingenuamente, resolvi ir mais longe à sua procura, já dominada por este silêncio que mais uma vez ameaça se apoderar de mim, agora que voltei e estou aqui para perceber estas sombras, que em seus vaivéns pelas paredes, parecem me dizer: pegue esta chave, abra esta gaveta, tire o revólver e resolva logo esta situação, como, em épocas remotas, fez um parente meu, que se deixou picar na garganta por uma das serpentes herdadas do meu avô, que se orgulhava de ser o único comandante de "tão excêntrico exército". Ou, com mais requintes ainda, uma mulher conhecida nossa, que morava aqui nesta casa e que depois de passar mais de vinte anos esperando pelo seu marido, que andava de cidade em cidade colecionando amantes e águas-marinhas, o envolveu em suas tranças. E entre gemidos, que se misturavam ao prazer, cortou com uma navalha o seu pescoço; ele, que apaixonadamente dizia: eu quero me envelhecer em seus braços — matando-se tempos depois — após escrever por todo o quarto, frases das quais já não me lembro.

E é nesta mulher e neste homem, que o padre, desobedecendo ordens do bispo, não deixou que fossem enterrados no cemitério pelo profano ato que praticaram e cuja história nesta região é conhecida por todos, não sendo também nenhum segredo que são os meus pais e que ainda hoje, em certas noites, se amam às escondidas entre juras de um velho desejo e vinhos que melam os seus corpos, que eu estou pensando neste início de amanhecer. Enquanto fumo mais um cigarro e rodando entre os meus dedos esta chave, ouço os ventos que estremecem as janelas, assoviando aos meus ouvidos antigas canções de ninar.

Este livro foi composto na tipologia Goudy Old
Style, em corpo 12/17 e impresso em papel Pólen
Bold 90g/m² no Sistema Cameron da Divisão
Gráfica da Distribuidora Record.

Seja um Leitor Preferencial Record
e receba informações sobre nossos lançamentos.
Escreva para
RP Record
Caixa Postal 23.052
Rio de Janeiro, RJ – CEP 20922-970
dando seu nome e endereço
e tenha acesso a nossas ofertas especiais.

Válido somente no Brasil.

Ou visite a nossa *home page*:
http://www.record.com.br